Dieter Bachmann

Unter Tieren

Limmat Verlag
Zürich

Im Internet
Informationen zu Autorinnen und Autoren
Hinweise auf Veranstaltungen
Schreiben Sie uns Ihre Meinung zu diesem Buch
Abonnieren Sie unsere Newsletter
www.limmatverlag.ch

Das *wandelbare Verlagsjahreslogo* des Limmat Verlags auf Seite 1 zeigt Wasserzeichen, die Auskunft geben über Papiermühle, Papiermacher und damit über den Zeitraum der Herstellung des Papiers. Auf der Papierschöpfform wird ein Draht in Form eines Buchstabens oder eines Symbols befestigt. Dieser Draht hinterlässt einen Abdruck im Papier: die Faserschicht ist dort dünner, und bei durchscheinendem Licht wird das sogenannte Wasserzeichen als transparentes Bild sichtbar.

Umschlagbild von Edwin Landseer (1802–1873), *Isaac van Amburgh and His Animals*, 1839
Typographie und Umschlaggestaltung von Trix Krebs

ISBN 978-3-85791-610-6

«There is no folly of the beast of the earth which is not infinitely outdone by the madness of men.»

–

«Es gibt keine Tollheit der Tiere auf Erden, die nicht vom Wahnsinn der Menschen unendlichfach übertroffen würde.»

Herman Melville, Moby Dick

1 Vom Überhandnehmen der Krähen

–
Es war, als müsse er diese Bewegung immer wieder tun und wiederholen, dieses sich Abwenden. Ein Zwang, auch eine Wohltat. Das Wegdrehen des Kopfs mit seinem gesamten Wahrnehmungsapparat, mit all diesen Aufmerksamkeiten; Auge, Ohr, Nase. Dem Gesicht, dieser mit viel zu vielen Empfangsgeräten bestückten Schutzlosigkeit, Antlitz, dessen dünne Haut alles einliess, ungeschützt wie das Ohr … Wegwenden, in eine andere Richtung drehen, eine, aus der nichts mehr herkommen durfte. Nichts sehen, nichts hören, nichts fühlen; keine Signale mehr von denen dort, ihren Stimmen, dem Schneuzen, Spucken, Räuspern, Husten, den grellen Bildern, dem Flackern der Bildschirme, ihrem Lärm, ihrer fröhlichen Blindheit, ihrer unerträglichen Unbekümmertheit, ihrem lasterhaften Leichtsinn.

Er wollte sich gern dorthin verlieren, wo es nichts mehr zu sehen gab, dort verloren gehen. Ankommen und untergehen. Nie mehr etwas Neues. Nur noch das immer Gleiche: Umgehen im Gewachsenen, das sich so langsam wandelte, dass man Veränderungen nur in großen zeitlichen Abständen ausmachen konnte, Abwechslung nur noch als Wechsel der Jahreszeiten. Abwechslung, überhaupt das allerschrecklichste Wort.

Ja, Natur, und deren Geschwindigkeit, das heißt Langsamkeit, ihr unerschütterlicher Gang, ihre Gelassenheit, von «ge-lassen», in Ruhe gelassen. Da, wo es so etwas überhaupt noch gab. Auf einem ruhigen bewaldeten Berg etwa den Weg zwischen den Stämmen hindurch nehmen, unter stillen Baumkronen, niemandem begegnen. Zugelassen der Dreiklang des Postautos unten auf der Straße, wie ein Echo an die andern erinnernd, wie von fern.

Menschheit in winzigen, homöopathischen Dosen, mit

Abständen. Dann schmeckt sie vielleicht wieder, dachte er, wie ein Schluck Wein nach langer Abstinenz.

Ein Museum der Abwendung hätte er gern eingerichtet. Eine Ausstellung der abwesenden Gesichter. In einem abgelegenen Gebäude, Fabrik oder Schloss. Lauter Bildnisse von Personen, die in die Wand hinein sahen und durch sie hindurch ins Unbekannte schauten. Menschenbilder, doch Porträtverweigerung. Fort sinnend, weg vom ewigen Hic et nunc, dem Betrachter das Hinterhaupt weisend. Statuen mit weggedrehtem Körper vor Fenstern, die in die Weite gingen. Geheimnis der verborgenen, auf ewig unsichtbaren Gesichter. Immer nur Rückenansichten, Schultern, Schulterblätter; die Grazie von Hüften und die Wucht von Hinterteilen, Schönheit der Schenkel, Studium der Taillen, Hüftschwung. Rückenteile von Kleidern aus allen Zeiten, Rückendekolletés, strömende Schleppen. Stoffe und Haut. Darüber Frisuren, Chignons, Zöpfe, Haarteile, wallendes Haar, Mähnen und bloße Schädel; Haarwirbel, Tonsur; Mützen, Hüte, Kappen; Hälse und Haaransätze, Nackenfalten und -fältchen, Hals, der in Rücken übergeht. Ohren, Ohrläppchen, eine Perle im Ohr. Und niemals ein Gesicht. Nie.

Einmal ein knapp wahrgenommener Wangenknochen, hier der sanft endende Schwung, die auslaufende Kurve einer Augenbraue. Eine schweigende Versammlung in die Weite gehender Vermutungen … still, dachte er, würden die Besucher herumgehen, verwundert, schließlich verzaubert. Niemand glotzt sie an hier aus den Bildern, kein Schicksal ist zu entziffern und plattzureden, kein frommer oder frecher Ausdruck platzt einem entgegen, keine Forderung und kein Flehen, niemals Entsetzen, kein fremder Stolz, nicht Triumph und kein frivoles Augenspiel.

Wie jene zur Salzsäule Erstarrte, die sich gegen das Verbot zurückwandte … Sie stünde vielleicht im Vestibül, weggedreht, die Zurückschauende vor den Sälen mit den Abgewandten, den Hinausschauenden. Sie alle würden nun erlöst sein vom Herschauen … sie: dieses Heer und Meer von Menschen, die, festgehalten von der Herrschergeste ihres Malers, auf ihren Bildern über Jahrhunderte immer nur herschauen müssen, am Tag, wenn sich die Massen vor ihnen drängen, und nachts ins Leere, immer nur schauen und schauen, in Gesichter, die sie nicht sehen können, in die Dämmerungen der vor ihnen vergehenden Jahrhunderte. Immerfort geöffnete Augen, die Lider hochgeklebt mit Ölfarbe und Marderhaar. Immer nur angestarrt werden, in diese rettungslos geöffneten Augen, geblitzt, studiert, erforscht und diskutiert, als ob es hinter ihren Leinwandaugen noch eine andere Welt gäbe. Arme Mona Lisa!

Hier endlich, Saal um Saal, nichts als Abwendung. Und alle Blicke dahin, wo keiner hinsehen kann. Geheimnis des Ungesehenen.

Eine unglaubliche Würde, dachte er, wird ausgehen von diesen Menschenbildern, denen man die Zurschaustellung ihres Gesichts erspart, indem man dessen Abwesenheit ausstellt. In den Sälen nur das Murmeln und vorsichtige Gehen der Besucher, die nicht stören mögen und denen der eigene Blick entgleitet, ins Weite geht. Die sich hinträumen, wohin sie noch nie gesehen haben.

Wer aber an ein Fenster tritt, um verwundert über die Schulter einer abgewandten Statue hinweg dort hinzuschauen, wo diese hinzublicken scheint, der schaut in einen Garten oder einen Park, schaut ins Land hinaus, auf Wiesen und auf in die Tiefe gestaffelte Bäume, auf Weiher und Wasserlauf, menschenleer und ohne andere Bewegung als die des Windes. Nur wer geduldig und länger hinschaut, lange steht, Zeit hat, erkennt langsam den Umriss von einzelnen Tieren, einen Hirsch auf der Lichtung, Enten am Weiher, einen Reiher am Wasser, vielleicht ein Pferd auf der Wiese, ein Pferd, das einem andern den Hals über den Rücken legt. Und dann, am fernen Waldrand, vor den Jahrhundertbuchen, «zwischen Edelkastanien und Eichen», wie es in einem alten, schönen Roman heißt, die Kamele … einzeln, jetzt zu zweien, dreien, eine Herde, die langsam vorbeizieht, äsend «im Licht der sinkenden Sonne, das alle Grüntöne noch einmal kräftig anwirft und zärtlich über das Fell der Kamele streicht» … manche den schlanken Kopf auf hohem Hals zum Beschauer hergewandt.

–

«Sete insaziabile di solitudine», heißt es bei Pasolini: unstillbarer Durst nach Einsamkeit.

–

Im glänzenden Morgen (im Frühtau) hinaus aus Laken und Niederungen. Septemberlicht und sattes, leuchtendes Grün. Es hatte tüchtig geregnet in den Tagen davor. Jetzt war alles vom langen staubigen Sommer reingewaschen. Schwalben sammelten sich in einer aufgeregten Schar auf einem Telefondraht. Im Wald war dunkles Grün mit sprinkelnden Lichtern. Der Bach rauschte unter der Kurve des Sträßchens. Die Wiese gemäht, der Mais stark, fest und mannshoch. Große rote Schnecken krochen allerorten über die Straße. Ein Raubvogel flog tief und strich über die gemähte Wiese. Die Landschaft sah aufgeräumt aus, wie zu einer Begegnung geschmückt.

Das sogenannte Geistesleben erschien Hebel immer abgeschmackter. Alle sagen das gleiche. Das geht eine Zeitlang so. Dann sagen alle etwas anderes. Das ist dann bei allen auch wieder das Gleiche.

–

Zu den Tieren! Es geht nicht nur um Abwendung. Nicht einfach um so vielfach begründeten Ekel. Es wird darum gehen, eine Grenze zu überschreiten. Also eine Hinwendung. Eine Weile noch bei den Tieren, dann gar nicht mehr.

Durch den Teil dieser gebeutelten Welt, der noch übrig blieb von der Schöpfung, so wie sie gemeint gewesen sein könnte, eine kurze Passage ins Nichts; heiter. Noch einmal alles wahrhaft Lebensschöne, dann zum Hinterausgang hinaus, durch das kleine, so lange verborgene Törchen.

Rom. Einen besonderen Leckerbissen haben römische Turmfalken ihrem Nachwuchs ins Nest gesetzt: Smaragdeidechsen. Diese gehören zur bevorzugten Kost der Nestlinge, wie Davide Constantini von der Universität La Sapienza bei einer Untersuchung der Nester von Turmfalken feststellte. Ein genauerer Forscherblick brachte ein überraschendes Ergebnis: Männliche Smaragdeidechsen werden von Turmfalken 3,6 mal häufiger erbeutet als weibliche, obwohl sie in ihrer Population nicht häufiger vorkommen. Sie sind auch nicht wesentlich größer und dadurch für die Falken besser greifbar als die Weibchen.

Die Wissenschaftler vermuten, dass der Grund für die größere Aussicht, im Schlund der Jungfalken zu landen, in der männlichen Betriebsamkeit liegt. Smaragdeidechsenmänner unterscheiden sich von den Weibchen durch auffallende Aktivität. Zusätzlich zur Nahrungssuche müssen sie ihr Revier verteidigen und obendrein noch nach Weibchen suchen. Diese spezifisch männliche Hektik macht sie – so glauben die Forscher – für Raubfeinde auffälliger.

–

Kaum in New York angekommen, ist Hebel im Museum of Natural History, in einem halb abgedunkelten Raum im Erdgeschoß. In den beleuchteten Schaufenstern rundum stehen die Tiere.

Diese betrachten Hebel unverwandt.

Hebel betrachtet zurück.

Was bedeutet ihr Blick? Der Blick von Ausgestopften, tot und lebendig zugleich.

Beide bleiben stumm, was bleibt ihnen anderes übrig.

Auf der Straße fragt er sich, warum man von ausgestopften Tieren in künstlich beleuchteten Schaufenstern, in dieser Kunstlandschaft so fasziniert sein kann.

Ein *Still*, ein im Lauf angehaltener Zoo.

Keine Gitter. Aber auch hier trennt mich etwas von ihnen, denkt Hebel, ein Glas. Und eine solche Kleinigkeit wie das Leben.

Ein Film sollte zwischen diesen Vitrinen spielen, Actionkino zwischen starren Tieren. In der Filmhandlung die Unmittelbarkeit des Jetzt, drumherum eine Art Ewigkeit –

Nun, denkt Hebel, während er die Treppe zur Subway hinunter geht, in die Verliese des unentwegt tobenden Schienenverkehrs: es gibt Einfälle, die kein Leben haben, auch dann nicht, wenn man sie aufzuschreiben versucht. Da sind sie trotzdem. Da und nicht da. Gedacht und unerlöst; Gedanken, die ins Leere starren.

–

Er hätte gern mehr Gewohnheiten gehabt. Aber es war nicht so leicht damit. Immer wieder erwies sich der Wunsch nach Gewohnheiten, man konnte das auch schon eine Sehnsucht nennen, als schöner Gedanke. Hebel schaffte es nicht, die Tage einander anzugleichen, Abläufe zur Regel zu machen. Nicht einmal der Entschluss, ein Tagebuch zu führen, war eingehalten worden, jedenfalls nicht in dem Sinn, dass Hebel es zu regelmäßigen Eintragungen gebracht hätte. Zettelwirtschaft, vollgekrakelte Rückseiten von Briefumschlägen, zerfledderte Bloc Notes, kariert und liniert und in allen Größen; das Tagebuch blieb unbeschrieben. Oder nahm den Charakter eines Vorwurfs an. Es war gerade dadurch, dass es vorhanden war, unbenutzbar geworden. Das griechische «Pantha Rei» musste er für sich als «Alles fließt auseinander» übersetzen. Alles, was kam, stellte alles, was war, in Frage. Warf es um. Hinter jedem Ordnungsversuch wuchs eine Unzahl von Unordnungen. Ja, von den Gewohnheiten blieb am Ende nur der Wunsch nach ihnen übrig. Bloß, bitte, nicht so viel Abwechslung … Ein geheimer, fast schon verbotener Wunsch, der dadurch, dass er nicht erfüllt wurde, seine Kraft erneuerte. Das Wünschen hilft ja überhaupt nur, wenn der Wünschende weiß, dass es nicht erfüllt werden kann.

–

Hebel hatte unter einem Beruf zu leiden, der nicht zu ihm passte. Das fanden die andern gar nicht. Er wusste es aber. Er hatte niemals vergessen, auch wenn er nicht mehr davon sprach, dass er etwas anderes hatte werden wollen. Gut, als

Reisender in Versicherungen war er erfolgreich, in seinem Rayon der Beste. Aber er kam sich vor, als mache er diesen Beruf wie ausgeschickt. Wie ein Stellvertreter, im Auftrag.

Sein Wortschatz war nicht von ihm, das Repertoire des sogenannten Außendienstes. Die Floskeln im Umgang mit den Kunden. Das Wort «kulant»; der Ausdruck «ein Problem ventilieren». Das Wort «Rayon». Er fühlte sich noch nach drei Jahrzehnten unwohl, wenn er schreiben musste: «Ich darf Ihnen folgende, für Sie völlig unverbindliche Offerte unterbreiten». «Unverbindlich». «Darf»: dabei musste er doch. Und dann noch unverbindlich. Die «vorzügliche Hochachtung» am Ende seiner Geschäftsbriefe erschien ihm verlogen oder jedenfalls weit übertrieben. Sein fünfjähriges Präsidium im «Verband Reisender Kaufleute» passe ihm «wie angegossen», sagten die Kollegen. Er fühlte sich unwohl im Amt, das er mit «Verve» betrieb, wie es dann bei seinem Rücktritt hieß, nur unwohl, mit Ausnahme seines letzten Amtstages, als er den Blumenstrauß entgegennahm.

Schon Hebels Vater war im Außendienst gewesen. Der war noch sommers und winters auf die Höfe zu den Bauern gefahren, um ihnen eine sogenannte Volksversicherung zu verkaufen, deren Prämien er dann, Monat für Monat, persönlich eintreiben musste.

Hebels Vater hatte Hüte getragen. Hebel standen Hüte gar nicht. Im Außendienst trug er Hut.

Auch Hebel blieb immer im Außendienst, von einer eher unglücklichen Zeit als Bürochef der Generalagentur abgesehen. Kreuz und quer in der Gegend herumfahren; die Kilometer konnten nicht abgerechnet werden; für das Auto, das er brauchte, erhielt er von der Direktion eine Pauschale. Die Automarken wechselten; Hebel kaufte bei Autohäusern, bei denen ein Geschäft möglich schien. Und manchmal war der Wagen auch Teil der Vereinbarung.

Bei Kunden vorsprechen, den Hut in der Hand, um widerstrebende Firmenchefs abschlussreif zu kneten. Immer die Begegnung mit den Menschen. Dabei war er menschenscheu.

Trotzdem ein guter Tänzer. Er konnte mit jeder Frau so tanzen, als ob er es auf den Tanz, nicht auf sie abgesehen hätte.

Als ein Bekannter ihn zu einem kleinen Aperitif nach Hause einlud, fragte Hebel: Sind noch andere Gäste da? Der Gastgeber schüttelte den Kopf.

Nein, warum fragen Sie?

Ich möchte keine neuen Leute kennenlernen, antwortete Hebel.

Als er dann eintrat in den Salon, wandten sich zwölf Köpfe nach ihm, und der Gastgeber verkündete strahlend: Das ist der Mann, der keine neuen Leute mehr kennenlernen will.

–

Einer seiner frühen Träume war: Meeresbiologe. Hebel stellte sich darunter vor: hinab in die Tiefen der blauen und bald dunkel werdenden Gewässer, zwischen die Tiere des Meeres, in die Nähe der Wale. Zu Weihnachten hatte es einmal ein Tierbuch gegeben, in das man die großformatigen Abbildungen selbst einkleben durfte; sie waren nicht zu kaufen, diese Bilder, sondern mussten mit Punkten, die man für gewisse Einkäufe erhielt, geduldig erworben werden. Unter den Bildern hatte es ihm der Blauwal besonders angetan, mächtig und stumm unter den Wassern, nur selten auftauchend und eine Fontäne blasend, dann, mit erhobener zweiflügliger Schwanzflosse wieder abtauchend, dorthin, wovon es keine Vorstellung gab.

Konnte man Flosse sagen zu dieser ungeheuren Schaufel eines Tiers, von dem man wusste, dass es ein Säugetier war, kein Fisch, und also vielleicht auch keine Flossen haben konnte? Flügel schon, Arme vielleicht, die sich wie die Arme von Tänzern bewegten und andeuteten, zu welcher Zärtlichkeit das riesige Tier im Umgang mit dem neben ihm schwimmenden Säugling fähig sein möchte.

Zärtlichkeit, und die Majestät der Größe, beides gleichzeitig nur möglich im Medium des Wassers, dem Wasser, das trug und sich schmiegte, wie der Wal umgekehrt in das Bett des Wassers fuhr und sich darin drehte. Er spürte einen Sog, auch dahin zu fahren, sich aufzugeben im Wasser, das ihn trug, leichter machte oder körperloser. Jeder träumt doch einmal davon, dass ihn das Wasser umfängt und einhüllt und trägt und erleichtert und erlöst von seiner Beschwernis, diesem Gewicht, das er auf der Oberfläche der Erde mit sich herumträgt, Packen und Sack, seine kleiderverschnürte Masse.

Mag diese aus Sternenstaub und Unendlichkeit gemacht sein, wie die Astronomen und Physiker behaupten, es bleibt doch Masse, die schwerere Schwester des Gewichts, das, was man als Ich durch die Straßen trägt, auf Flossen, auswärts gestellt, die durch ihren Schmerz das Zuviel signalisieren, zuviel an Masse, zuviel an Schwere, zuviel an irdischem Gewicht.

Eintauchen! Unter der Oberfläche des Wasser organisiert sich die Bewegung anders. Das Gewicht ist weg, die Masse beweglich, die Arme übernehmen, als hätten sie nie etwas anderes gewollt, die Arbeit der Beine, der Körper fühlt sich an, wie er einmal gewesen sein muss, vor Hunderttausenden von Jahren; du schwimmst, dachte er, neben dem Wal, ein kleiner Wal neben dem Riesen, der sich mit seinem winzigen Auge nach dir umsieht und dich mitnimmt.

Meeresbiologie. Das wäre der wissenschaftlich gerechtfertigte Hinterausgang zu einem anderen Leben gewesen, quasi ein Unterausgang, ein Kanalisationsdeckel zum anderen Lebenslauf, hinab, nur hinab und hinunter. Man hat das Recht zu mehreren Leben im einen.

Und wo zunächst und ganz konkret dieser Einstieg gewesen wäre, wusste er auch, in Banyuls nämlich, wo es ein meeresbiologisches Institut gab, in das man, so dachte er, zur Tür hineinging als Student und durch eine Ausstiegsluke unter dem Wasserspiegel wieder hinaus, als Forscher und Erforscher, ein Weltreisender unten im Meer.

–

In den Tiefen der Ozeane, unvorstellbar tiefen 1600 bis 3600 Metern unter der Wasseroberfläche, leben Tiere der absonderlichsten Formen und Arten, von denen viele von einem menschlichen Auge noch nie gesehen wurden. Manche tragen Lampions an ihrer Nase, oder an ihrer Unterseite komplizierte geometrisch angeordnete Beleuchtungssysteme. Die meisten sind mit den gefährlichsten Zähnen ausgestattet, müssen sie doch jederzeit alles fressen können, was ihnen begegnet, auch das Größte, so wenig begegnet ihnen in ihrer schwarzen Einsamkeit. Bis sich zwei Exemplare der gleichen Gattung treffen, sollen manchmal Jahre vergehen. Dafür paaren sie sich dann sofort.

So tief unten kommen keine Undinen mehr vor. Woher dennoch die Sehnsucht, dass einer dort unten sein möchte? Kein Todestrieb ist am Werk, denn als Tiefseekugel wäre man höchstens untot. Und es ist nicht die Dunkelheit, die verführerisch wirkt. Die Dunkelheit, die nähme er in Kauf für die Stille dort. Stille, und gleichbleibende Temperatur –

«Ich komme wieder aufs Meer zurück und in seinen Grund. Ist da nicht solch eine Kette von Geschöpfen, wie auf der Erde? Und wo die Seemenschen? Tritonen und Syrenen sind Erdichtungen, aber dass es nicht wenigstens Meeraffen gebe, glaube ich sehr wohl. Maupertuis' Leiter wird nicht voll, bis das Meer entdeckt ist. Natürlich können sie so wenig schwimmen, wie wir fliegen. Der Fisch fühlt wenig: sein Kopf, seine Schuppen – sind, was dem Vogel Federn und sein Kopf, jedes in sein Element. Da singt der Luftvogel und dazu sein Kopf: der Fisch, was thut er? was hat er für neue Waßersinne, die wir Luft-Erdengeschöpfe nicht fühlen? Sind sie nicht Analogisch zu entdecken? Wenn ein Mensch je die Magnetische Kraft inne würde, so wäre es ein Blinder, der nur hören und fühlen, oder gar ein Blinder, Tauber, Geruch- und Geschmackloser, der nur fühlen könnte: was hat ein Fisch für Sinne? in der Dämmerung des Wassers siehet er: in der schweren Luft höret er: in ihrer dicken Schale fühlt die Auster – welch ein Gefühl, dass solche starke Haut nöthig war, sie zu decken, dass Schuppen nöthig waren, sie zu überkleiden? aber ein Gefühl welcher Dinge! vermuthlich ganz andrer, als Irrdischer.

Wie sich Welle in Welle bricht: so fließen die Luftundulationen und Schälle in einander. Die Sinnlichkeit der Wasserwelt verhält sich also wie das Wasser zur Luft in Hören und Sehen! Ei wie Geruch, Geschmack und Gefühl? – Wie die Welle das Schiff umschließt: so die Luft den sich bewegenden Erdball: dieser hat zum eignen Schwunge seine Form, wie das unvollkommene Schiff zum Winde! jener wälzt sich durch, durch eigne Kraft: dieser durchschneidet das Wasser durch Kraft des Windes! Der Elektrische Funke, der das Schiff umfließt, was ist er bei einer ganzen Welt? Nordlicht? Magnetische Kraft? – Die Fische lieben sich, dass sie sich, wo kaum eine dünnere Schuppe ist, an einander reiben, und das gibt, welche Millionen Eier! Der unempfindliche Krebs und der Mensch, welche Einwürkung und Zubereitung haben sie nicht nöthig! – Kennet der Fisch Gattin? sind die Gesetze der Ehe anders, als untergeordnete Gesetze der Fortpflanzung des Universum?» Johann Gottfried Herder

–

Als Kind sah Hebel bei den Eisbären diese drastisch gezeichnete Warntafel: Einer Mutter entgleitet das Kind und fällt in den Graben. Das Kind fällt, und Wasser spritzt.

Schreckliche Vorstellung des Zerfleischtwerdens.

Er spürte ein Ziehen den Rücken hinauf, wie wenn man aus schwindelnder Höhe hinunter blickt. Es war vielleicht eine Wohllust, lebendig gefressen zu werden. Wie es eine Wohllust sein musste, wenn man den Sprung wagte. Der Eisbär, der dort unten im kalten Wasser schwamm, hatte bei näherem Hinsehen hinter der schwarzen Nasenspitze eine rote Stelle. Blut?

Aber es sind nicht hauptsächlich die Eisbären, zu denen es hinzieht. Der Eisbär ist zu speziell, und wenn man ihm zusieht, friert man auch im Sommer. Der Braunbär ist's, pelzig-weich, als Teddy das Lieblingsplüschtier, weit überlegen Zebra und Giraffe. Allenfalls schaffen es Esel oder Affe in seine Nähe. Aber der Teddy ist der Anfang jeder Plüschtiersammlung, und so ist der Braunbär der Bär schlechthin. Und nur zu schnell stellt sich einer vor, im Pelz des Bären stecke ein Freund, der ihn zur Umarmung erwarte. Auch solche Umarmungswohllust kann etwas Tödliches haben.

«Ein 20-Jähriger sprang im April ins Bärengehege des Langenbergparks», las Hebel. Im April. Der Bär nahm ihn in Empfang, Valentino hieß der Junge und war Koch; er überkletterte einen «mehrere Meter hohen gesicherten Zaun» und erlitt somit gewiss keinen Unfall; es war eine Bärin, die ihn in Empfang nahm; anstatt ihn zu umarmen, biss sie Valentino so in den Arm, dass er mehrere Wochen in Spitalpflege lag; er habe «Glück gehabt dabei», sagte die Zeitung noch. Oder sein Glück gefunden, einen schmerzhaften Augenblick lang? Er habe der Bärin Guten Tag sagen wollen und aus einem «inneren Drang» gehandelt, gab er zu Protokoll. Und wurde, selbstverständlich, psychiatrisch betreut, hirnschamponiert gegen weitere Versuchungen.

In Bern klettern sogenannte geistig Behinderte immer wieder in den Bärengraben, man möchte sagen: ebenso wie sich dort viele andere von der Kirchenfeldbrücke stürzen, aus schwindelnder Höhe in die Aare. Aber sind Bärenliebhaber gleich Selbstmörder?

War doch auch Hebel lange besessen vom Wunsch, einen Bären zum Freund zu haben. Gegen die Vorhaltungen der selbsternannten Sachverständigen, die man leicht für jede Frage findet, der Eifrigen, die ihm klar zu machen versuchten, dass jeder Bär, der einmal in die Pubertät kommt, unweigerlich ein wilder Bär wird, stand er zu seiner Absicht, einen Bären vom Bärenei an bei sich aufzuziehen.

Irgendwo muss doch ein Bärenei zu finden sein, sagte Hebel in ihre ungläubigen Gesichter, und sei es weit hinten in der Wüste Gobi. Das Bärchen, wenn es dann schlüpft aus dem Ei in meiner Hand, erblickt mich als erstes auf der weiten Welt, sagte er, und wie eine Lorenzsche Graugans folgt es mir von da an auf dem Fuss.

Und warum willst du überhaupt einen Bären, fragten die freiwilligen Ratgeber. Eigentlich wusste Hebel keine Antwort. Damit ich mir eine Dreiradvespa kaufen kann, sagte er trotzig, mit der ich meinen Bären auf Kneipentour mitnehmen kann. Er wartet draußen vor der Schenke, und auf der Nachhausefahrt sitzt er hinten auf der kleinen Ladefläche. Und beide sind wir glücklich. Und auf immer gut Freund, fügte Hebel hinzu, selbst ein wenig zweifelnd.

–

Jeder braucht manchmal einen, mit dem er seine Bedenken an der Verfassung der Menschheit teilen kann. Hebel hatte Anderberg. Der war ein Kollege aus der Versicherungszeit. Anderberg war bei der «Protecta» Inspektor für Schadensbeurteilung gewesen; er hatte dort Feuersbrünste zu untersuchen gehabt, Einbrüche dokumentiert, Wasserschäden, Küchenbrände und die üblichen Desaster, welche sich selbst überlassene Bügeleisen und vernachlässigte Haustiere anrichteten. Wie von einem Hochsitz aus beobachtete Anderberg, der Spezialist für Elementarschäden, die Welt auch nach seiner Pensionierung.

Ein Schadeninspektor wird zwangsläufig zu einem Spezialisten für Ausreden und Lügen: es gab nicht mehr viel, was Anderberg nicht faul vorkam. Aus Erfahrung traute er keinem mehr. Der Mensch, sagte er, ist der Elementarschaden an sich. Hebel konnte bloß verständnisinnig nicken.

Von der Kollision des Menschen mit den Dingen hatte Anderberg beruflich gelebt: nun interessierten ihn die Kollateralschäden in den Beziehungen der Menschen untereinander. Er selbst hatte aufgehört, sich solchen Risiken auszusetzen. Aber er schrieb auf, wie es die anderen miteinander versuchten.

In kleinen Glossen fasste er das große Theater des Lebens, blieb damit freilich ungedruckt. Die Zeitungen und erst recht die Buchverlage veröffentlichten ausschließlich Autoren, die bereits anderswo gedruckt worden waren und in der Wahrnehmung der Redaktoren und Lektoren «einen Namen» hatten; das hatte Anderberg nicht aufzuweisen, lediglich hervorragende Prosa. Seine Manuskripte kamen ungelesen zurück. Ich bin Ehrenmitglied des immer größer werdenden Arbeitskreises Ungedruckter Schriftsteller, AUS, sagte er zu Hebel, ohne jede Bitterkeit.

Sein kleines Arbeitszimmer, in dem er auch schlief, hatte er mit seinen säuberlich verfassten Manuskripten tapeziert; ein Raunen und Murmeln menschlicher Eitelkeiten kam von den Wänden, das Grundrauschen der Vergeblichkeit.

–

Robinsons Chance war es, die Welt neu erfinden zu können. Noch einmal und gegen jeden biblischen Bann Adam sein. Darum übrigens ist um Freitag ein so merkwürdiges Flirren: Robinson kriegt bei Defoe eine männliche Eva. Man kann das erklären wie man will, mit den Neigungen von Defoe oder wie auch immer. Auf so etwas würde sich ein Robinson aus der Schweiz nicht einlassen. Nicht auf einen Freitag, aber auch nicht auf die Chance eines neuen Anfangs.

Wie es herauskommt, wenn ein Schweizer zum Robinson wird, wider Willen selbstverständlich, las Hebel bei Johann Rudolf Wyss aus Zofingen bei Olten mit seinem «Schweizerischen Robinson oder Der schiffbrüchige Schweizerprediger und seine Familie», einem Buch, das einen Doppelblick in zwei Abgründe erlaubt. Erster Abgrund: der (helvetische) Pietismus, dem dieses unerträglich belehrende Werk entspringt. Zweiter Abgrund: Was so geschieht, wenn ein Schweizer mit Familie samt Feder- und Rindvieh auf Große Fahrt geht.

Wenn dieser Aargauer strandet, weiß er schon, was an dem Eiland alles falsch ist. Aufs Inseldasein ist er von Haus aus spezialisiert – jetzt zeigt er es dieser Insel. Unser Held braucht keinen Freitag, er hat nämlich seine Familie mitgebracht. «Hurtig sprang an's Land, was springen konnte.» Gleich nach der Landung sitzt die Mutter am Kochtopf, die vier Buben aber werden vom Vater belehrt und eingewiesen: «Hand an's Werk! Gott will, dass wir arbeiten, wenn er uns retten soll.» Gottes Aug' ist überall, und so sieht er auch auf diese Insel, meint der Vater. Gerettet sind Gott sei Dank schon die Gänse und die Enten. Fröhlich schnattern sie und geben damit den Ton an, auf den es in Zukunft hier ankommen wird. Es handelt sich um Schweizer Geflügel. «Das widrige Gekrächz verschiedener Pinguine und einiger Flamingos, die wir theils fliegend, theils auf den Felsspitzen ruhend, an der Einfahrt der Bucht erblickten, verstimmte etwas die Harmonie unsrer zivilisierten Musikanten», sagt der Vater, macht aber das Beste aus der Situation: «Indes war mir das wilde Volk nicht unwillkommen, weil ich in ihm einen Nahrungszweig für den künftigen Aufenthalt in dieser öden und verlassenen Gegend erkannte.» Robinson aus Trimbach weiß eben, was ein Nutztier ist.

Aber es passt ihm nicht, dem Schweizer, wie es dort im Ausland aussieht. Er kommt an, und während er noch ankommt, beschwert er sich schon. Ein anderer würde erst einmal die Natur bewundern, eine Pflanzenwelt, die er noch nie gesehen hat, und ganz gewiss nicht im Wynental, das Konzert der Tierstimmen, den Himmel mit den ungeheuren Wolken, die Brandung, majestätisch, der er entronnen ist. Aber er ist ein Schweizer, und also weiß er, dass man die Welt niemals annehmen, sondern immer verbessern muss; da gibt es etwas aufzuräumen, hier etwas zu entfernen; das Wort «Unkraut» könnte ein Schweizer erfunden haben. Er freut sich nicht seiner neuen Freiheit, die mit den Paragraphen eines Bundesbriefs nicht zu beschreiben wäre, seiner Einsamkeit und der Sicherheit, keine andern Schweizer anzutreffen, er holt nicht tief Atem, wo endlich Luft zum Atmen ist. Er sieht die Beschwernis, die neuen Aufgaben, die viele Arbeit; er sieht nicht die Chance. In seinen Adern fließt das eidgenössische Harz, von dem ein anderer Schweizer geschrieben hat.

Während sich Familie Robinson zum Schlafen bettet, ahnt der Leser, dass am nächsten Morgen sofort zur Tat geschritten werden wird. Tagwache um Nullsechsnullnull, Besammlung am Fahnenmast, an dem bereits die Schweizer Fahne knattert. Und dann wird unser Schweizerischer Robinson, wie könnte es anders sein, zunächst mal einen Auslandschweizerverein gründen.

Arusha. Infolge einer Panne an ihrem Landrover wurden gestern vier ältere Schweizer, zwei Ehepaare aus Luzern, im Hatari-Nationalpark in Tansania von einem Rudel Löwen lebensgefährlich bedroht. Der Geländewagen war mit einem Schaden an der Zündung liegen geblieben, als sich die Löwen von mehreren Seiten her an die Touristen heranpirschten. Wie die Arusha Times berichtet, streckten die Eingekreisten den Löwen ihre roten Schweizerpässe entgegen, um die Tiere von ihrer Harmlosigkeit zu überzeugen. «Wir sind neutral», sollen sie gerufen haben, «wir sind völlig unschuldig.» Dem einheimischen Fahrer gelang es in letzter Minute, sein Gefährt wieder in Gang zu bringen.

—

Zuerst war es nur der Lärm am frühen Morgen, das Lärmen in dem von Tannen, Buchen, auch einer mehrhundertjährigen Ulme bestandenen Park gewesen, ein Krach oder das Zetern, das den ganzen Tag über weiter ging, wenn der Himmel so grau blieb.

Im Halbschlaf unter der Decke dachte Hebel an die Vögel, die früher einmal da gewesen waren, ja früher. Amsel, Fink, Zeisig, Rotbrüstchen. Er dachte an ihre Nester, und wie sich nun die Krähen über die Eier und die Jungvögel hermachten. Hebel wuchs in einen neuen Unmut hinein, noch ehe der Tag begonnen hatte. Krähenlärm: der war jetzt bei Tagesbeginn der Einbruch von etwas Ungebührlichem in die Ruhe der Siedlung, von etwas Unheimlichem, oder weniger als Unheimlichem, etwas nicht Geheuerem.

«Im Norden ist unser Vogel der abscheulichste Nestplünderer, den es geben kann», stand im Buch.

Immer mehr schienen es zu werden, während er zuhörte, gezwungenermassen hörte, über Wochen und Monate hin. Als ob von den Krähen, oder waren es Raben?, nun von anderwärts Genossen und Spießgesellen herangezogen würden.

«Wenn die Brutzeit herannaht», schrieb das Buch, «sammeln sich Tausende dieser schwarzen Vögel auf einem sehr kleinen Raum, vorzugsweise in einem Feldgehölze. Paar wohnt bei Paar; auf einem Baume stehen 15 bis 20 Nester, überhaupt so viele, wie er aufnehmen kann. Jedes Paar zankt sich mit dem benachbarten um die Baustoffe, und eines stiehlt dem andern nicht nur diese, sondern sogar das ganze Nest weg. Ununterbrochenes Krächzen und Geplärre erfüllt die Gegend, und eine schwarze Wolke von Krähen verfinstert die Luft in der Nähe dieser Wohnsitze.»

Als Hebel der Lärm vor dem Fenster erst einmal aufgefallen war, bemerkte er auch bei seinen Landspaziergängen auf den Äckern und Feldern die Schwärme dieser großen, eigentlich zu großen Vögel. Flügelknatternde Schwärme, am Boden eine Menge einknickender Frackträger, finstere Prälaten, wie sie vorher, so schien es Hebel, nicht da gewesen waren, jedenfalls nicht in dieser unheimlichen Zahl. Frech, schwer stelzten sie vor ihm her und flatterten nur auf, wenn Hebel ganz nahe kam, setzten sich ein Stück weiter sofort wieder hin. Wenn sie von unten her ihren Kopf herdrehten, sah es aus, als kennten sie ihn; sie hatten etwas Lauerndes, als ob sie wüssten, was ein Mensch ist und wie man mit ihm umgeht.

Jeder weiß, wie intelligent Krähen sind.

War das nur ein lokales Phänomen? Oder mehr? Einbildung oder Tatsache? Etwas Ungefähres –

Bis Hebel aus Japan etwas Konkretes vernahm. Dort hatten Krähen zuerst Tiere, dann alte Leute, schließlich Babys in ihren Kinderwagen angegriffen. Es war von einer enormen, unerklärlichen Vermehrung, von einem Überhandnehmen der Krähen zu lesen. Das war nicht mehr nur das Echo eines alten Gruselfilms. Die Zeitung schrieb, die japanische Stadtverwaltung sei zum Kampf, zum Abschuss übergegangen, der Ausgang der Sache sei noch ungewiss.

«Mit Vergnügen erinnere ich mich der Anstrengung», stand im Tierbuch, «die der Rat der guten Stadt Leipzig machte, um sich der Saatkrähen, welche sich auf den hohen Pappeln der Promenade angesiedelt hatten, zu entledigen.

Zuerst wurde die bewehrte Mannschaft aufgeboten, hierauf sogar die Scharfschützen in Bewegung gesetzt: nichts wollte fruchten. Da griff man, wie es schien in Verzweiflung, zu dem letzten Mittel: man zog die blutrote Fahne des Umsturzes auf. Buchstäblich wahr: rote Fahnen flatterten unmittelbar neben und über den Nestern lustig im Winde, zum Grauen und Entsetzen aller friedliebenden Bürger. Aber die Krähen ließen sich auch durch das verdächtige Rot nicht vertreiben.»

Von einer besonderen «Hartnäckigkeit» sprach das Buch. «Sie lassen sich so leicht nicht vertreiben. Man kann ihnen Eier und Junge nehmen, so viel unter sie schießen, wie man will: es hilft nichts – sie kommen doch wieder.»

In den Bäumen vor dem Haus hingegen schien mit der Zeit eine gewisse Beruhigung eingekehrt zu sein. Das Jahr war weitergegangen, die Krähen hatten sich verzogen. Oder hatte Hebel sich einfach an ihre Gegenwart gewöhnt? Vielleicht hielten sie nur still, still wie sich der Näherkommende verhält, der im langsamen Annähern einen Augenblick innehält, wenn er einen ansieht, um so zu tun, als ob er immer schon da gestanden hätte, wo er eben noch nicht gestanden war. Er lächelt, bevor er, sobald der andere wegschaut, wieder einen Schritt tut.

So ähnlich hatte die Klasse im Religionsunterricht den Aushilfslehrer bedrängt. Die Schulklasse ein einziges Rudel, das eine Bank, die der Aushilfslehrer gerade nicht im Auge hatte, einen Ruck vorschob, und wenn er dorthin blickte, eine andere, bis der Vikar am Ende der Stunde in die Ecke gedrängt stand, alle Bänke unmittelbar um ihn herum, eine Belagerung, er den Tränen nahe, vor sich die grinsenden Gesichter einer Schulbankpanzerbrigade.

Und nun die Krähen?

München. Herr Enewaldsen, Sie und die Stadt Niebüll werden von Krähen terrorisiert?

Und wir reden hier nicht von einem kleinen Vogelschwarm, der hier ab und zu vorbei fliegt. Nein, wir haben 6000 Krähen – und das bei knapp 8000 Einwohnern.

Und diese Vögel sitzen nicht nur friedlich auf den Bäumen?

Schön wär's. Die reißen unzählige Vogelküken und andere Kleintiere. Die Biester attackieren sogar unsere neugeborenen Kälber und Lämmer, bis sie qualvoll verenden. Sie dringen bis in die Stallungen vor, wo sie auch schon mal Ferkel angreifen.

Wie sieht so ein Angriff aus?

Kiebitz- und Lerchenküken werden an Ort und Stelle auseinander gerissen. Ein Krähenschnabel ist ja ein richtiges Mordinstrument, ein wirklich hartes Ding. Die Krähen wissen genau, wo die empfindlichsten Stellen der Kälber und Lämmer sind: Nabel und After. Und natürlich die Augen. Die werden ausgehackt.

Die Muttertiere kommen nicht gegen die Krähen an?

Schafe und Kühe bekommen manchmal zwei Junge. Während die Mutter gerade das zweite gebiert, kann sie sich nicht mehr um das erste kümmern – und diese Situation nutzen die Vögel aus und greifen an.

Blöd scheinen die Mörderkrähen ja nicht zu sein.

Unheimlich schlau sind die, können Freund und Feind genau unterscheiden. Sie haben in jeder Feder ein Auge, sagt man. Die sehen alles.

Werden auch Menschen angegriffen?
Nein, die werden nur von oben bekleckert.

Dann ist Niebüll also voller Krähendreck?
Und wie. Verheerend sieht das aus. Die Häuser um die Krähenkolonie sind schier unverkäuflich. Vor der Kirche waren früher so viele Nester auf den Bäumen, dass viele Menschen nicht mehr den Mut hatten, zum Gottesdienst zu kommen – oder gar zu heiraten. Welche Braut will sich schon ihr Kleid derart versauen?

Laut ist es in Ihrer kleinen Stadt sicher auch?
Der Lärm ist fast unerträglich. Eine alte Frau, die in der Nähe der Krähenkolonie wohnt, geht jeden Nachmittag in ein Café in der Innenstadt, um wenigstens einmal am Tag in Ruhe einen Kaffee trinken zu können.

Warum unternehmen Sie nichts gegen die Vögel?
Das Gesetz in Schleswig-Holstein verbietet es. Die Krähe ist dem Singvogel gleichgestellt und steht unter Naturschutz. Doch man müsste eingreifen, denn die Zahl der Singvögel und Bodenbrüter nimmt stark ab.

Was tut die Stadt denn gegen die Plage?

Es gibt Schreckschussanlagen. Und einen hölzernen Klatschmechanismus mit einem Tau, an dem man ziehen muss. Zuerst hat dieser Lärm geholfen, doch jetzt lachen sich die Krähen darüber kaputt. Will ich mal so sagen.

Wie schützen Sie dann Ihre Jungtiere?

Als die Kühe kalbten, haben mein Sohn und ich auf der Wiese abwechselnd Wache geschoben. Einmal haben wir gerade noch rechtzeitig ein Schaf mit seinen neugeborenen Lämmern retten können.

Was fressen die noch außer jungen Tieren?

Erst mal fressen sie uns die ganze Maissaat weg. Ist da nichts mehr zu holen, klauen sie den Ferkeln, die draußen gehalten werden, das Futter. Wenn ein Frosch totgemäht wurde, sind sie sofort da. Das Krähenvolk hat wohl Kundschafter, die Bescheid geben. Die Krähen vermehren sich jährlich um ein Drittel, weil sie überall Futter finden.

–

Es stand eines Tages ein schwarzer Rabe vor dem Fenster, und als Hebel es öffnete, hüpfte der Vogel herein ins Zimmer, ein federndes Hüpfen, fast wie die Männer auf dem Mond, als sie dort im Staub landeten. Der Rabe, oder war es eine Krähe?, sah sich um, hüpfte dahin, dorthin, ein schwarzer Inspektor oder Revisor, der Bestand aufnahm. In wessen Auftrag?

Der Vogel kam nicht auf Hebels ausgestreckte Hand. Er schaute sich aufmerksam um, aus kleinen schwarzen Augen. Er suchte, oder untersuchte. Dann war er mit einem Sprung, kaum musste er dafür die Flügel regen, wieder auf dem Fensterbrett; er wartete da noch einen langen Atemzug – auf wen oder was? –, und entflog.

Hebel sah ihm nach, beinahe schon abschiedstraurig. So wie man einem Gefährten nachsieht. Dieser hier hatte angedeutet, dass er das in einem andern Zusammenhang hätte sein können; nur gerade heute nicht, nicht heute. Woher kam der Rabe? Wer hatte ihn ausgeschickt? War das ein zahmer Rabe, oder einfach ein kluger gewesen? Das Tier spricht nicht.

In einer Zeitung fand Hebel dann einiges über den Raben, den, wie die Zeitung schrieb, gescheitesten aller Vögel. Sowohl bei Säugern wie bei den Vögeln gebe es Arten, deren «Angehörige im Verhältnis zum Körper ein sehr großes Gehirn haben und als besonders intelligent gelten. Bei den Säugetieren sind das die Menschenaffen. Bei den Vögeln sind es die Rabenvögel. Rabenvögel sind so etwas wie gefiederte Menschenaffen.»

Raben vermöchten den Blicken ihrer Artgenossen zu folgen und einzuschätzen, ob der andere etwas sehe, was ihnen entgangen sei, las Hebel. Sie flatterten auf Erhöhungen, um von einem erhöhten Standpunkt hinter ein Hindernis sehen zu können, und niederrangige Tiere seien in der Lage, so zu tun, als ob sie Futter versteckten – an einem falschen Ort, um den höhergestellten Konkurrenten zu täuschen. Sie vergrüben ihren Frass an geheimem Ort, ungesehen von den anderen. Und mehr.

In einem Experiment wurde eine Gruppe Buschhäher daran gewöhnt, dass es morgens Frühstück gab; eine zweite Gruppe bekam nichts. Als beide Gruppen von Vögeln eines

Abends überraschend noch einmal Nüsse bekamen, hätten die Nichtfrühstücker für den nächsten Morgen mehr Nüsse aufbewahrt als die anderen, ans Frühstück gewöhnten. Mr. Nicky Clayton von der englischen Cambridge University habe dieses bemerkenswerte Verhalten so kommentiert: «Diese Vögel sind nicht im Hier und Jetzt gefangen. Sie können sich offenbar einen Zeitpunkt in der Zukunft vorstellen. Sie sehen künftige Bedürfnisse vorher und lassen ihr Handeln davon leiten, selbst wenn es den momentanen Bedürfnissen widerspricht.»

Im übrigen musste er sich wegen ihres Überhandnehmens keine Gedanken mehr machen. Sie hatten es nämlich längst geschafft, ihre Verbreitung optimiert, sagte die Zeitung. «Kein anderer Vogel unserer Welt zeigt mehr Anpassungsfähigkeit oder hat eine größere Verbreitung als der Rabe. Er ist in der Gesellschaft von Eisbären und ihrer Beute in der hohen Arktis ebenso zuhause wie im Gefolge der Wolfsrudel in der kanadischen Taiga, fängt bei fünfzig Grad Eidechsen im Death Valley und fliegt über die höchsten Gipfel in Tibet oder in Nord- und Mittelamerika.» Und holt sich, dachte Hebel, unmittelbar vor meinem heranrollenden Auto einen Bissen von der Autobahn – vielleicht sogar ein Tier, das er sich von meinem Vordermann hat totfahren lassen. «Rabenkrähen werfen Walnüsse auf die Straße, um sie von Autos knacken zu lassen», stellten die Forscher fest, «und in Japan bevorzugen die Krähen nachweislich Kreuzungen mit Ampeln: weil sie während den Rotphasen die Nüsse ungestört einsammeln können.»

Zu dem Phänomen, dass Raben so erfolgreich sein können, sagten die Forscher, es sei eine Mischung aus Konkurrenz und Kooperation, die für die Bildung ihrer Intelligenz so förderlich sei. «Einerseits schaffen sie es, durch List, Schnelligkeit und Zusammenarbeit in der Gruppe, den

Raubtieren Fleischstücke vor der Nase wegzuschnappen. Manche Rabenforscher vermuten, dass es die mitunter prekäre Nähe zum Wolf war, die die kognitive Evolution der Raben vorantrieb. Auch der Schabernack der Jungen bekomme so einen Sinn. So habe ein junger Rabe einem weißen Husky, scheinbar aus Jux und Tollerei, in die Nase gepickt. Als der Hund sich wehrte, hielt der Vogel einen Sicherheitsabstand, den er sehr schnell und präzise abzuschätzen lernte – jenes Gefühl für Distanz, das in der Wildnis über Leben und Tod entscheidet.»

In der Wildnis? Der hereinhüpfende Vogel, der neugierige, der sich bei Hebel umgesehen hatte, keineswegs scheu, war dennoch nicht auf seinen Arm geflogen. Aus einem sicheren Gefühl für eine bekömmliche Distanz? Aber das wäre dann nicht nur kluge Rabenart. Ein Hund zieht den Kopf misstrauisch zurück, wenn man ihn berühren will, die Katze macht sich davon, wenn ihr der Mensch zu viel wird. Es kommt also nicht nur auf die Distanz an, dachte Hebel, sondern auf den Gebrauch, den man von ihr macht.

–

«Ich sah im Traum ein ‹verrufenes Haus›. ‹Ein Hotel, in dem ein Tier verwöhnt ist›», schreibt Walter Benjamin in der «Einbahn-Straße». «‹Es trinken fast alle nur verwöhntes Tierwasser.› Ich träumte in diesen Worten und fuhr sofort wieder auf. Vor übergroßer Ermüdung hatte ich im erhellten Zimmer mich in Kleidern aufs Bett geworfen und war sogleich, für einige Sekunden, eingeschlafen.»

Keine Deutung, nur ein paar Fragen. Ein verrufenes Haus ist also eines, «in dem ein Tier verwöhnt» wird? Das Tier in Benjamin? Das Zimmer, in dem der Sekundentraum geträumt wird, ist hell; es ist kein Schlafzimmer, und B. hat die Kleider nicht abgelegt, oder jedenfalls nicht vollständig.

So wie in einem Bordell? Dem Stunden-Hotel? Aber das würde er sich wohl nicht gestatten, dieser Benjamin, und so wird das Tier an ihm nun eben nicht verwöhnt, sondern der Herr wird getränkt, mit einem besonderen Saft freilich, einem Surrogat: «Verwöhntem Tierwasser». Das gerade noch gestattet sich der Träumer.

So kommt einer noch einmal davon, vor dem Schrecklichen, dem nackten Geschlecht im verrufenen Hotel, dem Akt, den er mit Tier gleichsetzt.

London. Lange hatte die Polizei ihnen nicht geglaubt - nun konnten die Mieter eines Londoner Hauses die drei Meter lange Boa Constrictor vorführen, die geraume Zeit im Abwassersystem lebte. Immer wieder sahen die Mieter sie aus den Toiletten lugen, die Polizei glaubte ihnen aber nicht. Ein Bewohner überwältigte nun das Tier und übergab es der Polizei. Laut Times hatte ein säumiger Mieter die Boa vor dem Rauswurf im Klo ausgesetzt.

Bangkok. Ein wilder, fünf Meter langer Python ist im Süden Thailands an einem dreißig Kilo schweren Kalb erstickt. Ein Viehzüchter vermisste das Tier, das er zum Grasen in den Wald gelassen hatte. Auf der Suche nach dem Kalb stieß er auf die Riesenschlange, die eine große Ausbeulung im Körper hatte. Er versuchte, das Kalb aus der Schlange zu ziehen. Nach längerem Kampf waren Python und Kalb tot. Der Mann blieb unverletzt.

–
Als Kind hatte Hebel sich auszudenken versucht, ob eines Tages ein Gerät erfunden werden könnte, mit dessen Hilfe man in den Kopf anderer Personen hineinschauen und das, was sie denken und sich vorstellen, auf einem Bildschirm wiedergeben könnte.

Ein etwas einfacheres Gerät hätte es erlaubt, den Traum eines Schläfers auf dem Bildschirm zu betrachten (ohne Ton).

Alt geworden und zufrieden damit, betrachtete er das Tier vor sich und freute sich, dass noch keine Maschine erfunden worden war, mit der man in das Gehirn eines schlafenden Tieres hineinsehen, oder eine, mit der man seinen Traum auf einem Bildschirm hätte wiedergeben können.

Trotz und gegen alle Versuche und Experimente, dem ewigen Getüftel der weißbekittelten Laborratten.

Das schlafende Tier ist die Unschuld, die noch nicht verloren ging, dachte Hebel. Und ein Geheimnis, das bewahrt bleiben muss. Es ist eines der letzten, und darum eines der kostbarsten.

Ein Tier im Schlaf behüten zu dürfen, gehört zum größten, was dir widerfahren kann. Das Tier ist dir anheim gegeben, der du doch nur ein Mensch bist. Tiefste Rührung; Verzückung. Ahnung gewährter Gnade. Während du es anschaust, wird die Grenze der Sprachlosigkeit, die euch getrennt hat, durchlässiger, löst sich auf, bis sie verschwindet. Im Einverständnis, sprachlos, du und es. Aber auch du und dein Es.

–
Anderberg schlief am Morgen in der Regel lange, bis in den frühen Nachmittag, nachdem er den größten Teil der Nacht an seinen Horchgeräten zugebracht hatte, dem Radio, dem

Fernsehen und dem Internet. Er saß, ein Weltenkontrolleur, einsam im nächtlichen Haus, auf dem Dach die neusten Parabole und Spürnasen, und suchte im elektronischen Rauschen nach Geschichten, die gut ausgingen, oder, bescheidener geworden, nach Vorfällen, die er als unterlassene Dummheit hätte einstufen können, als unterbliebene Fahrlässigkeit, als nicht ausgeführtes Verbrechen, als vermiedene Gemeinheit. Meist vergeblich.

MASKENBALL, schrieb er auf ein Blatt Papier. Dann:
«Du Affe! Du Rindvieh!
Hornochse!
Diese Kuh! Das Kalb!
Kalb Mose'! Du Mondkalb, du! Diese Kleekuh!
Passen Sie doch auf, Sie Esel!
Eine Hyäne, der, ein richtiger Aasgeier.
Du Blindschleiche!
Diese Schlange …
Eine Ziege ist sie! Eine Zimtziege!
Das Schaf! Ging zum Schafott wie ein Lamm.
Sei kein Frosch!
Kamel, Sie!
Du dummer Hund.
Ein Bär von Mann –
Gazelle!
(bitte ergänzen)

Lauter Menschen in Masken, die uns, wie in einem Gemälde von Ensor, umgeben und anstarren.

Ganz abgesehen von den Vergleichen:
Sie hat einen Hals wie eine Giraffe.
Er lebt wie ein Hund.

Pferdenatur.
Elefantenohren.
Adlernase.
Löwenhaupt.
(Aber nicht: Plattfischfüsse, Mausknopfaugen, Geiernase, Tigerschwanz –)

Und nicht:
Du Wal! Diese Forelle! Ein Delfin –
Sie Steinbock!
Du Dromedar!
Sie Ameise, Sie!
Blödes Zebra …

Und nicht:
Diese falsche Koralle!
Dieser geistige Einzeller!
Diese Amöbe!
Du Virus!
(warum nicht, bitte?)

Was meinst du, Hebel?»
Anderberg hatte wieder einmal ein Mail geschickt.

«Der Mensch warf sich im Laufe seiner Kulturentwicklung zum Herrn über seine tierischen Mitgeschöpfe auf. Aber mit dieser Vorherrschaft nicht zufrieden, begann er eine Kluft zwischen ihr und sein Wesen zu legen. Er sprach ihnen die Vernunft ab und legte sich eine unsterbliche Seele bei, berief sich auf eine hohe göttliche Abkunft, die das Band der Gemeinschaft mit

der Tierwelt zu zerreißen gestattete. Es ist merkwürdig, dass diese Überhebung dem kleinen Kinde wie dem primitiven und dem Urmenschen noch ferne liegt. Sie ist das Ergebnis einer späteren anspruchsvollen Entwicklung. Der Primitive fand es auf der Stufe des Totemismus nicht anstößig, seinen Stamm auf einen tierischen Ahnherrn zurückzuleiten. Der Mythus, welcher den Niederschlag jener alten Denkungsart enthält, lässt die Götter Tiergestalt annehmen, und die Kunst der ersten Zeiten bildet die Götter mit Tierköpfen. Das Kind empfindet keinen Unterschied zwischen dem eigenen Wesen und dem des Tieres; es lässt die Tiere ohne Verwunderung im Märchen denken und sprechen; es verschiebt einen Angstaffekt, der dem menschlichen Vater gilt, auf den Hund oder auf das Pferd, ohne damit eine Herabsetzung des Vaters zu beabsichtigen. Erst wenn es erwachsen ist, wird es sich dem Tiere soweit entfremdet haben, dass es den Menschen mit dem Namen des Tieres beschimpfen kann.»
Sigmund Freud

–

Zwischen Tieren und Menschen verläuft manche Grenze, darunter auch diese sprachliche:

Sind bei den Menschen drei beieinander, spricht man von drei «Personen», allenfalls von «Individuen».

Sind drei Tiere zusammen, redet man von drei «Exemplaren». Die drei Tiere scheinen alle aus dem Gleichen gemacht. Zebra ist Zebra. Bei drei Menschen zählen die Unterschiede, beim Tier nur das Übergreifende der Art. Hybris der Personalität. Personenkult.

Wir können nicht anders, mutmaßte Hebel. Dann stellte er sich vor, dass für ein Zebra alle Menschen gleich sind, während ihm unter Seinesgleichen ein Gleiches noch niemals vorgekommen ist.

–

Hebel war Junggeselle geblieben, ohne eigentlichen Entschluss dazu. Seine Freundinnen wechselten, er wusste nicht immer warum. Mehr oder weniger alle sieben Jahre hatte er eine länger dauernde Beziehung. Wenn das Zusammenleben, immer in getrennten Wohnungen, so selbstverständlich geworden war, dass die Partnerin, um ihn zu überraschen, für ihn seine Ferien mit den ihren buchte, hielt die Beziehung nicht mehr lange. Er schuf in all diesen Verhältnissen mit der Zeit eine besondere Art, da und nicht da zu sein, scheinbar offen, aufmerksam, in Wirklichkeit in nur ihm zugängliche Träumereien vertieft. Er entzog sich, durchaus freundlich, in jene Anwesenheitsabwesenheit, in der er sich am wohlsten zu fühlen schien.

Das Geschäft mit den sogenannten Gruppenversicherungen, der Altervorsorge für Firmenangehörige, auf die Hebel sich spezialisiert hatte, wurde schwieriger, als die Altersvorsorge obligatorisch geworden war. Die größeren Firmen gründeten nun eigene Pensionskassen, die sie selbst verwalteten. Hebel, der einen Teil seines Einkommens als Provision der abgeschlossenen Geschäfte bezog, sah sein Einkommen schwinden. Eine frühzeitige Pensionierung war kein Problem für einen Junggesellen, der sich eine kleine Wegzehrung beiseite geschafft hatte. Dem Rücktritt stand nichts im Weg.

Hebel hatte ein kleines Apartment in der Stadt, das ihm gehörte, und war bei einem Bauern, einem seiner frühesten Kunden, seit Jahren auf dem Hof eingemietet. In jener Gegend haben die Höfe oft ein kleines Nebenhaus, das die Altbauern beziehen, wenn sie den Hof dem ältesten Sohn übergeben. In einem solchen Riegelbau hatte Hebel seit vielen Jahren zwei enge holzgetäferte Zimmer. Die Bauern hatten sich an ihn gewöhnt und jede neue Freundin mit dem gleichen Wohlwollen aufgenommen.

Hebel hätte auf den Wald hinter dem Gehöft niemals verzichten können. Er verabscheute das Wort «Spaziergang» und fand alle andern Wörter unpassend, die sich für seine einsamen Wege angeboten hätten: Marsch, Wanderung, Ausflug, Rundgang. Er war kein Spaziergänger. Er war froh, dass es kein Wort gab für ihn in seinem Wald. Den hatte er auf diese Weise für sich, für sich allein, ihm gehörten diese Wege im Gehölz, unter hohen Buchen, durch Unterholz und über kleine, versteckte Lichtungen, auf denen im April weiße Anemonen auf dem hellen Waldgrün standen.

Das helle Waldgrün einer Lichtung war ein anderes Grün als das Grün einer offenen Wiese, zarter, dichter, näher; übrigens wie sich das Grün eines Laubfroschs (beinah ausgestorben, wie Hebel wusste) vom dunkleren, geschuppten Grün eines normalen Frosches unterscheidet.

Hebel brauchte beides: die Stadt (den Asphalt, die Lichter nachts, die Straßenbahn, ein Bier in einer Kneipe) und das Land. Es war ihm dort, als seien Bäume leichter zu bewundern als Menschen. Menschen gab es nur zu viele. Morgens zwei Rehe auf dem freien Feld hinter dem Gehöft, im Morgennebel, der noch flach auf den Wiesen lag: Hebel war glücklich. Und aufgeregt. Ins Kino ging er immer weniger, der andern Kinobesucher wegen. Kinobesucher sind besonders unerträgliche Exemplare der Gattung Mensch, fand er. Selten im Theater, aber immer so gespannt, so erregt, wie bei seiner ersten Schulaufführung im Stadttheater,

Brechts «Sezuan». Er hatte sich damals sofort in die Darstellerin der Shen-Te verliebt.

–

Dunkles Tier, Tier, das lange vor ihm herging. Er träumte viel von ihm. Es hatte manchmal eine dicke, wie aufgedunsene Mitte, einen Buckel, abweisende Rundung rundherum. Nilpferdig, schlammschwarz. Oder es blähte sich, wurde größer, größer, dann schrumpfte es wieder. Beine eher dünn, sehr dünn sogar. Unter dem groben Körper ein trippelnder, knickender Gang. Ballerina mit Schmerbauch.

Dunkles Tier, konnte überall auftauchen, wo man es nicht vermutete. Dort sowieso. Aber auch wo man es vermutete, da auch.

Gab nie ein Zeichen des Erkennens, obwohl anzunehmen war, dass es nur für ihn da war. Ihn zu stören war es da, aufzustören, zu verstören. Nur ihn. Zu erinnern an etwas, dunkel wie es selber. Das gelang.

Manchmal stand das dunkle Tier mit anderen zusammen, selten, die andern anders als es, eindeutig. Meidet Nachbarn. Steht mit anderen nur darum zusammen, um wem, mir doch, zu zeigen, dass es mit ihnen nichts zu tun hat. Es schaut zu ihm herüber; schaut er zurück, wendet es sich ab.

O ja, das dunkle Tier begleitete ihn, er wusste nicht mehr, wie lange schon.

Nie ein Ton aus ihm gedrungen.

Nimmt manchmal mehr, manchmal weniger Platz ein, hat er das schon gesagt? Manchmal verschwindet es, schlägt sich in die Büsche. In welche Büsche?

Aber aufatmen hätte man nicht dürfen, auf keinen Fall.

Beleidigte ihn: Es hatte ihn, er es nicht. Zwar gab es dieses Tier wiederum nicht ohne ihn. Ihn aber auch nicht ohne das dunkle Tier. Kränkte ihn, dass das dunkle Tier seine Auftritte anscheinend frei bestimmte, während er über sein Erscheinen, geschweige denn über sein Verschwinden nicht beschließen konnte.

Nicht?

«Ja, muss zugeben, ich kann es nicht verscheuchen, wenn es da ist, ich kann es gar nicht verscheuchen, überhaupt nicht.»

Na endlich.

Von hinten und nachts kommt es über ihn. Schau da: tagsüber wird es durchsichtig, und verschwindet. Verschwindet? Manchmal spürt man an seinem Atem, dass es noch da ist. Sieht es aber nicht.

Das dunkle Tier ist fähig, ihn unglücklich zu machen. Sag, ist das so?

Könnte auch in ihm sein. Würde dann exakt das Volumen einnehmen, das die Außenhaut eines Körpers umschreibt.

(Es füllt ihn aus, in ihm wiederum ist nur Luft. Oder ein anderes Nichts.)

Taucht er ins Meer, verschwindet es. Es verträgt das Meer nicht. Das Meer scheint zu stark für es zu sein. Er träumt viel vom Meer. Vom Eintauchen.

(«Sag das nicht. Es könnte es hören.»)

Gehört dem Tier. Ohne das Tier wäre er … Aber daran ist nicht zu denken, dass er es noch loswird. Vor Jahren, vielleicht wäre da noch seine Tilgung möglich gewesen. Was heißt Tilgung?

Es wächst und schwindet, wie gesagt. Damit kann einer leben.

Könnte man sagen.

Hund schläft. Und einmal mehr sieht sein Herr ihm dabei zu, kann davon nicht satt werden. Da liegt er. Wie hingeschmettert, gefällt von seinem Eigengewicht.

(Wenn Hund sich hinlegt, tönt es wie dumpfes Poltern: Hund lädt seine Knochen auf dem Fußboden ab.)

Nun schläft er. Um seine Schnauze sirrt eine Biene. Eine Lefze zuckt.

Man könnte das, was da liegt, ohne weiteres für einen toten Hund halten. Vollständige Entspanntheit, ausgestreckt. Die Gliedmassen wie einzeln aufgezählt um ihn herum. Die Läufe schön nebeneinander, der buschige Schwanz zu den Hinterläufen hergebogen.

Ein Opfer der Schwerkraft. Eine Vorwegnahme: Grablegung zu Lebzeiten. Vorerinnerung an die Erinnerungslosigkeit. Auch: eine Skulptur vollständigen Vertrauens. Ungeschützt uns Äusseren überlassen, Äußerlichen.

Das ist nicht «Schlafes Bruder». Bitte nicht dieses dunkle Raunen einer Jahrmarktsbetrügermetaphysik! Schlaf ist Lebens Bruder, ist Gegenstück des Wachseins, die untere Kurve unserer Fantasie, unserer Wünsche, Hoffnungen. Dort formen sie sich, und dort werden sie geborgen, an Land gezogen. Der Traum ein Leben, freilich ein zweites. Bereicherung. Und nicht zuletzt, da wo der psychische Schlaf in den physischen übergeht, Erholung zum Tun hin.

Schau doch das Ohr, wie es wacht! Bleibt eingeschaltet. Jetzt zuckt er damit. Über dem geschlossenen Auge das befellte Dreieck, die Hörpyramide, geht in die Höhe, Hundes Weltraum-Antenne.

Gleich wird er sich erheben, auf den Beinen sein. Hund wird sich schütteln. Der Schlaf vergessen, sein Traum wie nie geträumt. Nämlich ganz Aufmerksamkeit. Gegenwart. Und Sprung.

–

Hebel versucht zu verstehen. Und notiert.

Das Tier spricht nicht. Das ist kein Mangel. Es hat nicht weniger, wenn es nicht spricht. Das ist im Gegenteil eine Auszeichnung, etwas, das es dem Menschen voraus hat. Statt Auszeichnung könnte man auch sagen: Gnade.

Das Tier ist Bei-sich, existiert ohne die Veräußerlichung der Sprache, des Sprechens. Unseres Sprechens und Quatschens enthoben (oder vor ihm geschützt), diesem ewigen Sich-von-sich-Wegbegeben in einen Außenbereich fremder Sprache, diesem In-Sprache-sich-fremd-Werden.

Das Tier ist sich nicht fremd.

Das Tier ist bei sich selbst. Deswegen ist das Tier immer gut. Wobei das Wort gut keinen Sinn macht. Das Tier braucht keine Moral. Es *ist* kontinuierlich.

·

Wenn Tiere sprechen, zum Beispiel im Kinderbuch, wo ein Autor wie ein Puppenspieler für sie spricht, mit dieser künstlichen Kinderbuchstimme, dieser verlogenen, ist das, was sie sagen, immer so banal wie das, was Menschen sagen würden.

Wenn Tiere bellen, miauen, muhen, blöken, zischen, trompeten, brüllen, jaulen, kreischen, pfeifen, röhren, zwitschern, brummen, glucksen, i-a-hen, heulen, dann ist das nicht Sprache; Sprache daran ist nur, dass das in einer billigen onomatopoetischen Umschrift und Aneignung, einem Übergriff Wörter werden, Wörter auf Tiere geklebt. Noch hat niemals eine Kuh gemuht. Es hat nur der Mensch, Kuh hörend, Muh gesagt und geschrieben.

·

Spricht das Tier, so könnte man Schillers Xenie variieren, so spricht, ach, schon das Tier nicht mehr.

·

Wenn Wale sich verständigen, ist das nicht Sprache, sondern Signal. Es wird hart sein für die Biologen, am Ende all ihrer Untersuchungen und nach der Unterscheidung, Entzifferung der Laute und selbst der Erstellung ihrer Grammatik, das zuzugeben.

·

Man weiß nicht, was das Tier *wirklich* sagen würde. Es *sagt* ja nichts. Hinter diese Banalität, oder sagen wir milder: hinter die Grenzen der eigenen Sprache kann man nicht zurück, und nicht über sie hinaus.

·

Das Tier bleibt immer Gegenüber.

·

Lacan sagte, Sprache und Diskurs seien genuin menschlich. «Sie machen den Unterschied des menschlichen Subjektes zum animalischen Leben aus.» Das ist an sich banal. Interessant wird es erst nach der beckettschen Erfahrung, dass Sprache den Menschen «denaturiere». Was «ich» sein sollte, ist nach Beckett nur das Sprechen der Stimme, «mein Ich aus drei Buchstaben». Das ist der beckettsche Mensch, schreibt Bruno Hitz in seinem Aufsatz zum Paradox der Sprache bei Beckett: «Durch die Stimme, die Sprache abgeschnitten, entfremdet von der eigenen Natur.» Hitz beruft sich auf Emmanuel Lévinas: «Er (der Mensch) ist sich selbst fremd. Dieser Fremde jenseits der Sprache ist nicht einfach nichts, er existiert ‹als Fremder› bei mir.»

Wie vernichtend endgültig, wie endgültig vernichtend. Man könnte sich fragen, ob der kollektive Todestrieb, der offensichtliche Selbstvernichtungswunsch der Menschheit nicht aus dieser Quelle kommt. Ob sie, unglücklich entzweit, wieder in die Einheit mit sich zurück will, in die Sprachlosigkeit – theologisch gesprochen: in ihre Unschuld.

·

Das Tier ist der bessere Mensch. Das ist kein Witz. Schon gar nicht auf diesem Hintergrund. Das Tier, könnte man sagen, ist die eigentliche Sehnsucht des Menschen.

·

Wer sich Tieren nähern will, muss sich abwenden vom Menschen. Wissen führt in die Wüste der Tautologie. Das Tier weiß nicht. Wissen zu wollen, was es weiß, ist so unvorstellbar wie der Wunsch, auf einen Bildschirm projiziert zu bekommen, was ein anderer träumt.

·

«Ich kenne nicht einmal das Selbstgefühl der Katze», schreibt Botho Strauss. «Unmittelbar neben mir auf der Bank endet mein Verstehen.

Das unbefugte Verstehen, mit dem wir uns Tiere so interessant machen.

(Neben mir beginnt das Selbstverständnis der Katze. Aber sie besitzt keines!

Und eben das macht es mir unmöglich, sie zu verstehen.)»

·

Es ist dem Tier nur auf der ganz anderen Ebene zu begegnen. Vergleichbar, wenigstens annäherungsweise, der Begegnung mit einem Außerirdischen. Oder vergleichbar der Annahme der Astronomen, in unserem Universum könnten andere Universen existieren, die das unsere, unsichtbar, durchdringen.

Das Problem mit den Außerirdischen – so stellen wir uns vor –, ist nicht, dass sie anders sprechen, eine andere Sprache oder Sprachstruktur haben, oder eine anders organisierte Kommunikation. Es geht darum, dass der Außerirdische anstelle des Sprechens etwas anderes hat. Dazu gehört, dass man es sich nicht vorstellen kann. Wie beim Tier.

·

Wir verstehen nicht, was das ist.

·

Das Tier ist sprachlos. Das ist sein Geheimnis. Seine Größe.

–

Hebel rettet eine Maus von der obersten Stufe der Leiter, die in den Feuerwehrteich vor dem Hof geht. Sie sitzt, ein kleines, braungraues Ding, eine Spitzmaus vielleicht, bis zum Hals im Wasser, den Kopf knapp über dem glatten Spiegel. Sie zittert, sie schaut aus dunklen Knopfaugen. Er hebt sie vorsichtig aus dem Wasser. Sie bleibt unter seinen Augen, weiterzitternd, und schnüffelt gleich an der kleinen Wasserlache, die sich um sie bildet. An dem Element, dem sie entkommen ist. Gleich darauf ist sie verschwunden. Im vergitterten Rechen findet er später ein ertrunkenes, winziges Mäuschen. Steht er vor einer Familientragödie? Kindmaus fällt ins Wasser, Muttermaus springt hinterher, Kind ertrinkt, Mutter gerettet?

Das ist genau das, was wir mit den Tieren anstellen, denkt er dann. Erst bauen wir eine Installation, in diesem Fall einen Feuerwehrteich, es könnte auch ein Milcheimer gewesen sein, aus dem eine Maus von allein nicht mehr heraus kommt: aus die Maus. Und rettet sie sich doch einmal, machen wir daraus eine Geschichte, in der so ein Wort wie «Familientragödie» vorkommt.

Wir verkleinern die Maus auf menschliches Maß, heißt das, und Mäuse eignen sich dafür besonders gut. Wir könnten ihr nun auch noch einen Namen geben und ein rotes Höschen anziehen, aus dem hinten ein zierlicher Schwanz herauskäme, und schon rennt sie durch den Trickfilm. Oder steht im Kinderbuch. Der größte Teil dieses Genres lebt vom Umsetzen von Tieren in ein Album aus Halbkarton. Wir retten die Maus ins Kinderbuch, und ein weiteres Kinderbuch ist gerettet.

Rüsselsheim. Eine Rotte von sieben Wildschweinen ist am Sonntag von der Polizei in der Innenstadt von Rüsselsheim gejagt worden. Polizisten feuerten mehr als hundert Schüsse auf die verstörten Tiere, die am Morgen im Vorgarten eines Hauses entdeckt worden waren. Nach einer Stunde waren sechs der Tiere erlegt. Eines entkam in einen nahe gelegenen Park, wie ein Polizeisprecher sagte. Eine ältere Frau verletzte sich leicht, als sie vor Schreck stürzte. Die Höhe des Sachschadens ist noch nicht bekannt. Neben mehreren Zäunen wurde die Glastür eines Kinos zerstört, die eines der Tiere durchbrach. Ein Schuss der Polizei traf die Heckscheibe eines geparkten Autos. Auch eine Fassade wurde durch Einschüsse beschädigt.

El Barco de Valdeorras. Ein Hund hat seinem Herrn bei der Jagd im Nordwesten Spaniens eine Ladung Schrot ins Gesäß geschossen. Bei einer Treibjagd auf Wildschweine bei El Barco de Valdeorras sei das Tier auf ein am Boden liegendes Gewehr getreten und habe damit den Schuss ausgelöst. Wie die Zeitung La Región (Orense) am Dienstag weiter berichtete, wurden dem unglücklichen Jäger im Krankenhaus fast hundert Schrotkügelchen aus dem Gesäß entfernt. Der 38 Jahre alte Mann sei auf dem Wege der Besserung, hieß es.

Zürich. Ein Tier, womöglich ein Eichhörnchen, hat gestern im EWZ-Unterwerk Aubrugg für einen Stromausfall gesorgt und praktisch ganz Zürich-Nord lahmgelegt. In Teilen von Oerlikon und Schwamendingen fiel der Strom aus, 6000 Stromanschlüsse waren von dem Ausfall betroffen, darunter auch das Schweizer Fernsehen, welches gerade die Olympia-Schlussfeier und das Formel-1-Rennen in Valencia übertrug. Die Trams der Linien 11 und 14 blieben in Oerlikon stehen. Eine Untersuchung wurde eingeleitet.

–

Die Natur ist nicht natürlich. Was ist sie denn? Sie ist. Der Mensch kann natürlicher oder unnatürlicher sein, und es kann geschehen, dass er desto mehr Mensch ist, je unnatürlicher er ist. Schauspieler sind so. Und auch alle Betrüger.

Natürlich, ein Mensch kann sich ‹natürlich benehmen›, wie man so sagt. Das heißt dann, dass er, grad weil er die Kunst des guten Benehmens kennt, in seinem Auftreten so ungezwungen oder selbstverständlich ist, dass man die Kunst, die er dafür aufwendet, vergisst.

Ein Tier braucht keine Kunst, um aufzutreten, aber es ist deshalb noch lange nicht natürlich. Die Katze, die lange die Pfote hebt vor dem Mauseloch, der Elefant, der für den Bruchteil einer Zeiteinheit den Rüssel waagrecht hält, die Dohle, die in atemberaubendem Flug in die Tiefe stürzt, der Tiger, der federnd auf und ab geht – sie tun es, weil sie es tun. «Warum streckt der Elefant den Rüssel so aus», fragt das Kind. Und es antwortet sich selbst: «Weil er das muss.»

Erst der Filter der Stäbe, hinter denen der Tiger tigert, erzeugt die Meinung, sein Gang sei elegant. Dem Tiger ist es egal, er ist weder elegant noch hat er einen natürlichen Gang; er geht. Das heißt, er tigert.

Und was heißt das, dass man von einem Menschen nicht sagen kann, er mensche?

–

Wir hören von einem Schmetterling, der irgendwo im Himalaja mit den Flügeln schlägt, und in Los Angeles gibt es daraufhin einen Orkan. Das ist eindrücklich, bleibt aber die Ausnahme. Das Normale ist das Folgenlose. Und mag man sich noch ganz anders anstrengen als ein Schmetterling an einem Maientag, pumpen und flattern, es kommt doch meistens nicht nur kein Sturm, sondern überhaupt nichts dabei heraus. Ach, so viele schlagen mit allem, was sie an Flügeln haben, und nichts bewegt sich. Ein Dichter könnte viel davon erzählen, davon, und von seinem Weltensturm, der keinen Schmetterling erschüttert.

–

Der Pullover gefiel Hebel, das Firmenzeichen darauf schon weniger. Wenn er den Pullover mit dem Firmenzeichen trüge, würde er diesen nicht nur anhaben, sondern für den Pullover auch noch Reklame machen, unbezahlt, für den Pullover, den er bezahlt hatte. Der Pullover gefiel ihm aber; er bezahlte also den wegen des Firmenzeichens überhöhten Preis und bat die Verkäuferin, es abzutrennen. Die Verkäuferin verstand nicht; als Hebel insistierte, meine sie, so hätte es doch gar keinen Sinn, gerade diesen Pullover zu kaufen. Schließlich schnipselte sie doch an der Wolle herum, der Pullover wurde eingepackt, das Firmenzeichen in einem durchsichtigen Tütchen separat übergeben.

Als Adoleszent hatte Hebel gern in einem Café verkehrt – hieß es «Atlantis», «Tropic» oder «Africana»? –, in dem in einem Becken neben den Tischchen Krokodile gähnten, oder doch wenigstens spitzzahnige Kaimane, und Frauen lässig saßen, die, so dachten Hebel und seine Schulkameraden, in einem nachmittäglich abgedunkelten Zimmer zu allem fähig gewesen wären, wenn es auch keinen gab unter den Freunden, der das je ausprobiert hätte. Das Café machte gleich zweifach schaudern, und genau deswegen gingen sie dorthin. Man möchte doch, und nicht nur in jenem Alter, immer gern einmal verschlungen werden.

Das Krokodil. Mag es bis zum vierten Unterkieferzahn, der es vorn Alligator unterscheidet, bis in die letzte Ritze seiner längsgerichteten Kloakenspalte und bis in den hintersten Winkel seines vierkammerigen Herzens, in dem sich arterielles und venöses Blut ungut mischen, erforscht sein – es ist ein Tier geblieben, das nahe beim Mythos wohnt.

In altägyptischen Grabkammern fand man Krokodile, einbalsamiert, manchmal zu Tausenden übereinander geschichtet, krachlederne hundertjährige Veteranen und butterzarte Krokodilskinder, manchmal auch nur die Eier, alles mit Pech getränkt zur besseren Konservierung. Den Ägyptern war das Krokodil heilig, wie einem etwas heilig ist, vor dem man erschauert. Und sie heiligten es, indem sie es töteten und einbalsamierten und mithin ungefährlich machten und geeignet zur Verehrung als Göttlicheit. Das Krokodil muss tragen, was menschlich ist, in diesem Fall die Unschädlichmachung zwecks späterer Verehrung.

So schreibt man auch Dinge auf, vor denen man sich fürchtet, zum Beispiel dieses. Man möchte immer gern einmal verschlungen sein, aber die Neigung, das Verschlungenwerden in ein Bild, in eine Jonas-Ikone zu bannen oder auch einen Liebesroman, ist in der Regel größer als die Neigung, dem Wunsch wirklich nachzugeben.

Und so hängen sie nun auch diesem Tier, dem Krokodil, die Träne an, die sie selber nicht weinen. Nie hat man am Krokodil die Träne gesehen, die der Mensch ihm andichtet. Es soll weinen, worüber der Mensch zu weinen sich schämt, und weil er sie ihm anhängt, ist es dann falsch. Doch Krokodilstränen weinen können nur Menschen. Es locke seine Opfer an, indem es weine, sagt man dem Krokodil nach, oder man beschuldigt es, es beweine seine Opfer, während es sie doch vertilge. Doch so viele Menschen wird das Krokodil gar nicht zu fressen bekommen, dass die Einführung spezieller Tränen sich lohnen würde. Die Erfindung der Krokodilsträne ist ein Trick; sie dient bekanntlich dazu, das Mitleid vom Opfer, für das es angebracht wäre, auf den Täter überzuleiten, auf den armen Täter, der nicht anders konnte. «Du Krokodil / Was heulst du viel?», fragte ein Dichter, zwinkernd, mit einer Krokodilsträne im Augenwinkel; er fragt, was er sich selber beantworten könnte.

Das Krokodil als Leitfigur des Mythos: das hält sich auch in den afrikanischen Gesellschaften. Zwar ist es dort erst in den Städten Brauch, das Krokodil auf der Brust zu tragen, wobei sich die Afrikaner in der Regel mit einer Fälschung begnügen müssen. Aus dem Tier aber gewinnt man allerhand nützliche Arznei. Sein Blut ist gut gegen Schlangengift, offenbar ein weiterer medizinischer Versuch, den Teufel mit dem Beelzebub auszutreiben. Die aus der Haut des Krokodils gewonnene Asche soll Wunden heilen; sein Fett schützt gegen Fieber, Zahnschmerz, Mückenstiche. Ein Krokodilszahn, als Amulett um den Hals getragen, verleiht besondere Kräfte.

So hat das tote Krokodil bessere Eigenschaften als das lebendige, was es wiederum mit dem Menschen gemein hat. Das tote ist nützlich, dem lebenden Tier sagt man Hinterhältigkeit nach, Grausamkeit, Blutrunst, Trägheit und Faulheit, eine Langsamkeit, die sich ohne Vorankündigung in Schnelligkeit verwandelt, Schnelligkeit des Schnappens, verwerfliche Schnelligkeit, denn was ist das schließlich für ein Verschlungenwerden, das kein Vorspiel hat?

Grausam, träg, feig, faul? Brehm weiß es besser. Er hält das Krokodil nämlich für klug. Warum? «Alle Thiere welche schon seit vielen Jahren eine und dieselbe Sandbank bewohnen, verlassen diese, wenn sie hier wiederholt gestört wurden, und wählen sich dann, immer mit gewissem Geschick, ein anderes Plätzchen, um auf ihm schlafen oder sich behaglich sonnen zu können. Und ebenso merken sie sich die Stellen, welche ihnen mehrfach Beute lieferten, beispielsweise die vom Ufer herabführenden Wege, welche von den Herdenthieren oder den wasserschöpfenden Frauen begangen werden, sehr genau und lungern und lauern beständig in deren Nähe.»

Nun fragt es sich, ob die Frauen eher Wasser schöpfen als die Männer, die dies genauso gut könnten, weil sie weniger Angst haben vor dem Verschlungenwerden, oder ob sie das Verschlungenwerden einfach in Kauf nehmen, weil sie nun einmal Wasser schöpfen müssen, Männer hin oder her. Vielleicht baden sie auch immer gleich noch ein bisschen? Tatsache scheint jedenfalls zu sein, dass diese Frauen die herabführenden Wege trotz der Krokodile begehen, während niemand weiß, ob nicht auch die Männer, natürlich nur wenn grad keine Krokodile da sind, beständig in ihrer Nähe lungern und lauern. Zu den ältesten Voyeurismen der Menschheit gehört schließlich das Belauern von Frauen beim Bade. Ob das Krokodil lieber die Männer verschlänge, die es bei dieser Art des Wasserholens nicht zwischen die Zähne kriegen kann, ist nicht erforscht und kann wohl wegen des Ausgestorbenwerdens des Tieres auch nicht mehr erforscht werden.

Es geht nämlich zu Ende mit ihm, auch das Krokodil ist ein Bewohner der roten Listen geworden. Aber vielleicht ist es, angesichts des Zustands eines Planeten, den es schon ein bisschen länger bewohnt als die meisten andern, ja gerade darum klug, weil es sich aussterben lässt. Noch klüger als ein Krokodil ist allerdings eine Mutter, die um ihr Kind bangt, wie die folgende Geschichte beweist. Ein Krokodil hat einer Mutter ihr Kind geraubt. Das Tier erklärt sich bereit, der Mutter das Kind zurückzugeben, wenn sie seine Frage richtig beantwortet. Die Frage lautet: Werde ich dir das Kind zurückgeben? Die Mutter zögert und sagt dann: «Du wirst mir mein Kind nicht zurückgeben.» Gewonnen!

Wollte das Krokodil das Kind zurückgeben, was es gewiss nicht wollte, hätte die Mutter falsch geraten und das Krokodil müsste es nicht zurückgeben. Gibt es das Kind aber nicht zurück, so oder so, dann hat die Mutter richtig geraten und es muss es zurückgeben. «Logisches Dilemma» heißt diese von Lukian und Quintilian überlieferte Geschichte, die freilich nichts sagt über den Zustand des zurückgegebenen geraubten Kindes.

Denn: ob es raubt, um zurückzugeben oder um zu fressen: beißen muss es. In diesem Sinn erzählt Hebel gern eine Krokodilsaffäre, die wahr ist, denn man hat sie ihm persönlich in einer afrikanischen Lodge an der tansanisch-kenianischen Grenze erzählt.

Zwei Amerikaner wollen in einem Fluss im nördlichen Kenia schwimmen gehen. In der Lodge warnt man sie vor den Krokodilen, aber Amerikaner sind unbelehrbar, oder sie sind zwar belehrbar, aber sie müssen trotzdem alles ausprobieren, Kinder eben. Der eine schwimmt hinaus in den Strom, das Krokodil kommt, reißt den Rachen auf und schnappt den Schwimmer. Das Wasser brodelt, Kampf und Verderben; das Tier schleppt seinen Fraß auf der andern Seite des Wassers auf eine Sandbank, das Opfer bewegt sich noch, das Krokodil verschlingt es. Der zweite Amerikaner reagiert reflexartig und wiederum amerikanisch: Er nimmt die Videokamera ans Auge, filmt den Überfall, filmt den Verzehr des Gefährten.

Die Geschichte könnte so weitergegangen sein: Im sauberen netten aufgeräumten Eigenheim des Gefährten in Fort Worth, Texas, zeigt der Heimgekehrte der Witwe seines Freundes sein Video. Er hat sich vorher entschuldigt für seine Roheit, den schrecklichen Vorgang überhaupt aufgezeichnet zu haben. Aber sie versteht ihn, sie muss ihn verstehen. Hätte er denn sonst etwas tun können? Sie weint. Auf dem geblümten Kanapee, auf dem er mit der jungen Frau vor dem Bildschirm sitzt, weint auch er eine Krokodilsträne, dann nimmt er sie in die Arme. Und sie verschlingt ihn.

«Am meisten genieße ich die Zeitlosigkeit, wenn ich unter seltenen Schmetterlingen und ihren Futterpflanzen stehe. Das ist Ekstase, und hinter der Ekstase ist etwas anderes, schwer Erklärbares. Es ist wie ein kurzes Vakuum, in das alles strömt, was ich liebe. Ein Gefühl der Einheit mit Sonne und Stein. Ein Schauer der Dankbarkeit, wem sie auch zu gelten hat – dem kontrapunktischen Genius menschlichen Schicksals oder den freundlichen Geistern, die einem glücklichen Sterblichen zu Willen sind.»
Vladimir Nabokov

–

Wie kam es zum aufrechten Gang? Es steht geschrieben, wir hätten uns aufgerichtet eines Tages, in der afrikanischen Savanne, hätten uns aufgerichtet und seien in die Höhe gehüpft, erste Rufe stammelnd. Unzulässige Verkürzung einer langen Evolution, die uns viel Vorteil und manchen Rückenschmerz eingebracht hat, auch den philosophischen, dass wir zwar aufgerichtet sind, doch nicht immer aufrichtig. Und ob unser Gang wirklich immer so aufrecht ist?

In jedem einzelnen Leben kommt die ganze Evolution noch einmal vorbei, indem wir kriechend beginnen mit unserer Fortbewegung und auf dem Stock enden, oder, noch öfter, an zwei Krücken. Dann sind wir wieder dort, wo wir angefangen haben.

Einem Arzt hat das keine Ruhe gelassen. Doktor Rudolf Klapp, 1873–1949, ein in Würzburg studierter Chirurg, ein experimentierfreudiger Kopf, Klapp, dem wir übrigens auch die Erfindung der Drahtextension zum Geraderichten von Knochenbrüchen verdanken, war in seiner ersten Zeit als Oberarzt in Greifswald viel mit Wirbelsäulenverkrümmungen konfrontiert, sogenannten Spondiliosen, meist hervorgerufen durch Fehlentwicklungen während der Pubertät. «Von den als physiologisch bezeichneten Krümmungen», schreibt sein Sohn und Biograf später, «gibt es die feinsten Übergänge zu Fehlformen im Sinne der krankhaften Kyphose und Lordose, die meist aus sogenannten Haltungsfehlern entstehen. Sie sind neben anderen Ursachen auch abhängig von dem Muskelgleichgewicht … Die Übergänge sind außerordentlich schleichend und nehmen den Weg über die Haltungsschwäche, den Haltungsverfall zum Haltungsfehler».

Klapp entwickelte dagegen ein Mittel. Wie die Überlieferung berichtet, kam er auf den Gedanken bei der Beobachtung eines Hundes. «Als Vorbild diente ihm, wie er immer wieder erzählte, die genaue Beobachtung seines Hühnerhundes, an dem ihm eines Tages die gute deutliche Ausbiegung der Wirbelsäule beim gekreuzten Vierfüßlergang auffiel.» Viele haben schon einem Hund zugesehen beim Vierfüßlergang – es brauchte einen Klapp und diese Sternsekunde, um auf den Gedanken zu kommen, eine

Therapie bei Haltungsschäden und Wirbelsäulenerkrankungen könnte möglicherweise durch das Rückgängigmachen des aufrechten Gangs therapiert werden.

«Auf die Knie mit euch», war Klapps Imperativ, «auf alle Viere, und ums Leben gekrochen!» Die ersten Kriechkurse fanden gleich nach der Jahrhundertwende statt, zuerst am Rhein, später in Preußen. «Die in Bonn an einer größeren Anzahl von Patienten regelmäßig durchgeführten Kriechübungen wurden nach der Übersiedlung von R. Klapp als Oberarzt der Chirurgischen Universitätspoliklinik unter August Bier in Berlin wieder aufgenommen und weiter ausgebaut.» Der sogenannte «Kriechbetrieb» wurde zunächst von Assistenten geleitet. Es gab regelmäßige Kriechkurse, die ein Semester dauerten und mit einer staatlichen Prüfung abgeschlossen wurden; überdies aber schon «private Kriechkurse für Rumpfschwächlinge … und, durch Klapp angeregt, Heime für rumpfschwache Kinder, in denen diese für längere Zeit zu vollkommenen Vierfüßlern gemacht werden sollten, da die täglichen und stundenweisen Übungen in Vierfüßlerhaltung doch nur ein Tropfen auf den heißen Stein bedeutetet. Eine Stunde Korrekturübungen in Schutzhaltung wird durch 11 Stunden schlechte Haltung weit überholt».

Und weiter im Text: «Das erste dieser Heime wurde in Potsdam gegründet … Die Kinder wurden hier zunächst ganz streng in Vierfüßlerhaltung gehalten, sie durften sich im Hause und draußen nur auf allen Vieren vorwärts bewegen. Schulunterricht und Mahlzeiten fanden im Liegen statt. Hier erregte es großes Aufsehen, als an einem schönen Sommernachmittag die ganze Gesellschaft auf allen Vieren aus dem Garten herauskam und die Straße entlang bis zur Badeanstalt kroch.»

Eine anfängliche Schwierigkeit überwand Doktor Klapp

mit Bravour. Da die menschlichen, insbesonders die kindlichen Kriechorgane, insbesonders Hände und Knie, infolge der nun ins Auge springenden Fehlentwicklung zum aufrechten Gang zum Kriechen auf harten Oberflächen wie Betonböden, Kokosteppichen, Asphalt, Plankenböden nicht mehr besonders geeignet sind, entwickelte er sogenannte «Kriechkappen» für Knie und Hände, auf denen die Patienten nun unbedenklich auf längere Kriechtour geschickt werden konnten.

In den praktischen Ausführungen unterscheiden wir nach Klapp verschiedene Übungen. Zu diesen gehören unter anderem der einfache «Vierfüßlergang», das «Tiefkriechen mit Durchziehen», der «tiefe Vierfüßlergang», das «Rutschen», das «Schlängeln», der «Große Bogen» und, zuletzt, der «Hasensprung»: Arme und Oberkörper aus dem Knien aufrichten in Streckstellung, «alsdann zieht man beide Knie zwischen die Hände und streckt dann die Arme und den Oberkörper erneut vor»; es erfolgt das «Kommando: Hoch – her – unter – Sprung und vor!»

Auf den Hasensprung muss man erst mal kommen, dachte einer, um das Übel des Autofahrens wieder auszugleichen. Diesem war das, was ein Klapp «Hochmut und Hybris des aufrechten Gangs» hätte nennen können, keineswegs unvertraut. Tiere kennen kein Rückenweh, dachte der, und der Weg zurück auf alle Viere heißt ja nichts anderes als die Rückkehr zu einer Entwicklungsstufe der Natur, in der das aufrechte Leben noch den Pflanzen, den gegen die Gravitation aufstrebenden Gräsern, Büschen, Bäumen vorbehalten gewesen war.

Jahrzehnte nach Klapp kam dieser Besserwisser. Das Gute verbessernd, nahm er eine nörglerische Revision des klappschen Systems vor. «Wir müssen, wenigstens vorübergehend», schreibt nun dieser, «einen Schritt unserer Entwicklungsgeschichte rückgängig machen, um wieder daseinsfähiger zu werden. Und diese Rückwärtsbewegung sehe ich keineswegs als eine mechanische. Nein, mit ihr verbunden ist die Rückbesinnung auf die Tatsache, dass auch wir als Menschen dem Tierreich angehören, angehören müssen – oder angehören dürfen!»

Eine Art «therapeutische Vertierung» schlägt er vor, Tierwerdung als Heilung. «Nur wer das Leiden kennt», schreibt er nun, «nur wer schon einmal kriechend sich von seiner Bettstatt zum Badezimmer geschleppt hat, kann ermessen, was Befreiung von solcher Pein bedeutet.»

Wir müssen näher zur Erde zurück, heißt das, um später, wieder aufgerichtet, aus der Höhe neu gewonnener Autonomie wieder auf sie herunter blicken zu können. Im Unterschied zu Klapp beschäftigt diesen die Frage: Wie denn sollen wir eigentlich zu Boden gehen? Wie stellen wir es an, philosophisch gesehen, noch einmal Vierbeiner unter Vierbeinern zu werden? «Sollen wir uns gleich, indem wir uns vorbeugen, auf die Hände niederlassen», fragt er, «oder gehen wir erst auf die Knie und lassen uns dann auf die Unterarme nieder?» Die Antwort ist eindeutig: das Niederknien muss dem sich Niederlassen vorangehen, eine einzige harmonische Bewegung sein, ein sich Hingeben. «Erfühlen wir erst einmal diese neue Stellung», sagt er, «hockend auf den Knien. Ruhig dürfen wir dabei mit dem Hintern auf den Wadenmuskeln aufsitzen – wir blicken aus dieser Stellung, ähnlich einem hockenden Affen, gerade vor uns hin und erspüren nun, schon tüchtig herunter gekommen, den Unterschied unseres Blickens, erleben eine andere, anscheinend neue Ansicht von Welt; aus dem Blicken wird Schauen.»

Ausatmen, Einatmen, den Atem spüren.

Und nun erst solle man sich vornüber auf die Hände

niederlassen, Boden spüren mit den dem Boden entwöhnten Vorderextremitäten, Kontakt aufnehmen, um dann – «den Rücken nicht durchhängen lassen», ruft er – langsam mit der Rundung des Raumes zu beginnen.

Wie ein großes Säugetier sollten wir uns fühlen, als Bär, Elefant, als Büffel. Jeder dürfe sich das Seine aussuchen, nur ein Vierfüßler müsste es sein, ein Tier ausgewählt nach Vorliebe, Neigung, Hingezogenheit, ein Nashorn, ein Flusspferd. «Die langsamen, die schweren Tiere sind die geeigneteren.»

Die Rundung des Raums müsse gelassen vor sich gehen, gelte es doch, Alpha und Omega jeder Heilung, beim Vorwärtskriechen, wobei dieses Kriechen ja eher ein Baumeln sei, ein Vorwärtsbaumeln, für das die Sprache aber kein Wort hergebe, woraus man beiläufig auch ersehen könne, wie weit wir uns schon von solchen elementaren Bewegungen entfernt hätten in unserem «Hoch-Mut» (Klapps Nachfolger, Bastian Andechser, schreibt das Wort an dieser Stelle tatsächlich in zwei mit einem Bindestrich verbundenen Wörtern) –, gelte es also, beim Vorwärtskriechen die kranken Stellen der Wirbelsäule zu entlasten und die gesunden zur Stützung für die schwachen in Pflicht zu nehmen und diese mählich zu stärken.

In einem eigenen Unterkapitel erwägt Andechser die Vorzüge und Nachteile der Einzel- und der Gruppentherapie. Der Gruppe scheint er den Vorzug zu geben; an einer Stelle schreibt er sogar von einem «therapeutischen Herdengefühl», das den Kriecher aus dem «Unterwurf», wie er die Haltung auch nennt, befreie; gemeinsames Robben. Das Spielerische am Therapeutischen sei in der Wirkung auf den Einzelnen auf keinen Fall zu unterschätzen.

In einem phylogenetischen Theorem praktischer Anschauung formuliert der Nachfolger nun schließlich den entwicklungsgeschichtlichen Moment der Aufrichtung des Menschen. Er erinnert an jene Urhorden, welche die Savannen und Steppen durchstreiften, halbwegs noch auf allen Vieren, sich immer wieder aufrichtend, durch die Gräser lugend und in die Höhe hüpfend, um über die Halme hinweg zu sehen – ganz so, wie es die Massai in ihren rituellen Tänzen heute noch feiern würden. Andechser schließt seine Theorie mit heiterer Gelassenheit: «Auf alle Viere mit uns, auf alle Viere.»

–

Hebel nimmt Anstoß; weitere Notate.

Einer steigt auf die Kanzel und kündigt an, er wolle das Leben des Verstorbenen in sieben Punkten würdigen. An einem anderen Ort wird ein Seminar in vier Teilen gehalten; es geht um den Dichter N. und seine «Journale». In der Reihenfolge ihres Entstehens sollen Bände eins bis vier behandelt werden. Manchmal reicht es schon, wenn der Vortragende seine Blätter so hinlegt, dass man den Fortschritt seines Referats am dünner werdenden Bündel zu seiner Linken abmessen kann:

Solche Reihungen in Vorträgen sind immer falsch. Keiner interessiert sich mehr für den Inhalt, alle rechnen sich still und ungeduldig vor, wie weit es noch ist bis zum Ende.

Man vergleiche dazu das Brausen und Donnern einer Büffelherde, Stampede, und in ihr das Verhalten des einzelnen Büffels, der vorprescht, Flanke an Flanke mit anderen rast, zurückfällt. Im Ganzen eine ständige Bewegung in der Bewegung, die Positionen der einzelnen Tiere in ständigem Wechsel, dabei die Herde in unerbittlichem Vorwärts.

So sollte ein Vortrag sein. Und das Erzählen überhaupt. Das Nacheinander ist die Krux des Narrativen, es gibt nichts anderes als Satz nach Satz. Aber die Kunst besteht darin, Motive in einen Formationsflug zu bringen. Wie Zugvögel, die eine bestimmte Figur fliegen – und in der sich die einzelnen Tiere ablösen.

Kunstflug. Wenn er misslingt, sieht man manchmal bloß einen Mückenschwarm.

·

«Ich sah über der Schlucht ein wirbelndes Rad aus fünf Raben», schreibt einer begeistert. «Sie kreisten wie ein schwarzer Feuerring. Doch kaum dass sie dieses unselige Gebilde erfüllten, stürzten sie in die Tiefe. Denn so zusammengeschlossen konnte keiner mehr fliegen.»

Ein Formationsflug im Auftrag der Literatur, als Übungsziel die tiefere Bedeutung, mit einer unsanften Landung in der Allegorie – in der Tat ein unseliges Gebilde. Es stürzt mit ihm der hochfliegende Dichter, wie Ikarus.

Die Raben aber fingen sich und flogen auf und davon.

·

Das Capriccio, das malerische wie das literarische, leitet sich vom Bocksprung her. Unvermittelt ist der, überraschend, eckig, und zickig auch. Er bockt, heißt es. Die unerwartete Wendung, das Ausbrechen aus dem Erwartbaren, der schräge Einfall und die ungewöhnliche Ausführung, im weitesten Sinn das Essayistische, das nicht Endgültige, das Offene machen das Capriccio.

Leider gibt es kein «Antilopio». Dabei macht das Impala doch vor, was das für eine beneidenswerte Stilfigur wäre. Wie in Zeitlupe springt es steil in die Höhe, bleibt scheinbar an Ort und scheint auf dem Höhepunkt seines Sprungs zu verharren (wie der Astronautenlehrling beim Looping: einen Augenblick schwerelos), verharrt – schaut es gar um sich? –, um mit größter Eleganz auf die Vorderläufe niederzukommen und in einer Staubwolke zu verschwinden. Einen Augenblick lang (oder kurz?) sieht man seinen weißen Spiegel, ein frecher Gruß an den Löwen, bevor es ihm entkommt. Das wäre eine Erzählung, die der Antilope solches nachtäte!

Und sieht man nicht tatsächlich so etwas in Hemingways «The Short and Happy Life of Francis Macomber»: den in die Zeitlupe gedehnten Augenblick von Macombers Versagen vor dem Löwen, den Moment, in dem er sich die Blöße gibt – bevor das geballte Verhängnis, die Untreue seiner Frau und der tödliche Büffel, über ihn hereinbricht?

·

Und wie mühselig nimmt es sich dagegen aus, wenn einer im Krebsgang erzählen will.

·

Ich sah in Paris, am Quai de la Mégisserie, zwischen Blumenständen und Inneneinrichtungsgeschäften eine Tierhandlung. Aber sie war nicht angeschrieben mit dem Wort «Animaux». Katzen, Hunde, Fische, Hamster, Kaninchen, Wellensittiche, alles das, was der Angelsachse Pets nennt, sassen da in säuberlichen Glaskäfigen. Und der Verkäufer wartete im weißen Labormantel.

Und draußen stand: Animalerie. So wie man Boulangerie sagt oder Boucherie, Bijouterie oder Quinquaillerie: Animalerie. Jeder spürt sofort, dass da etwas nicht stimmt.

Würde einer auf Deutsch eine «Tiererei» bilden wollen, wollen oder können? Mit der Spaghetteria haben wir leben gelernt. Aber eine «Hamburgerei» würden wir nicht wollen. Es reicht mit dem Burger-King.

Es geht hier aber nicht um Klopse oder um Nudeln. Sondern um Lebewesen. Das ist es, was dem Passanten aufstößt, übler und übler, nachdem er einen Augenschein im properen Inneren genommen hat und zwei Aikito-Welpen, je 1600 Euro, besichtigt hat, ein weißes und ein dunkel geflecktes Tier. Keine Tierquälerei; die Tiere liegen in sauberem Stroh, wenn auch auf engem Raum, Katzen schlafen ineinander gekuschelt. Kein Elend, soweit.

Nur dass man in einer Animalerie steht, einem Laden, der durch eine Wortbildung entdeckt, was man hier mit den Tieren macht. Und das denkt man auch, wenn man die Tiere sieht: Warum sind die Welpen, die jungen Katzen nicht bei ihren Müttern, in irgendeinem häuslichen oder züchterischen Korb, dort, wo sie geboren wurden? Warum hier, im Glaskasten, im hellen Licht eines Weihnachtsangebots? Der Warencharakter der Haustiere kann im Wort «Tierhandlung» noch als das Übliche durchgehen. Aber hier tritt das, was nun doch einem Elend gleicht, ganz unverhüllt hervor. Das Trendige des Worts, seine Smartness stellen es bloß, da mag der Händler, den wir gern einen Animaliste nennen, wenn er will, einen Tierer, noch lange einen weißen Berufsmantel tragen. Oder ist es gerade der geschäftsfromme Mantel, der ihn als einen falschen Fuffziger, als Wolf im Labormantel entlarvt?

Würzburg. Bienen sind dümmer als angenommen. Galt den Insekten Bewunderung, weil man sie als Baumeister perfekt sechseckiger Waben sah, enttäuschen sie nach einer Studie des Würzburger Zoologen Christian Pirk. Gemeinsam mit Kollegen von der Rhodes University in Südafrika untersuchte er die Bauleistung der Bienen und fand heraus, dass die Tiere aus dem Wachs ihrer Drüsen lediglich runde Zylinder formen. Dabei werde das Wachs 40 Grad Celsius warm, flüssig, und nehme die energetisch sparsamste Form ein. Die Bienen-Bauweise lasse sich einfach simulieren.

Dünne Wachszylinder werden, miteinander in Kontakt gebracht, von selbst sechseckig. Die Herstellung runder Zylinder erscheint den Zoologen gegenüber dem Formen eines Sechsecks als minderwertig.

–

Hebel und Anderberg, einst überdrüssig ihrer Lebensumstände, der eine des Hin und Hers zwischen Stadt und Land, einem Land, das immer mehr verstädterte, der andere, Anderberg, der Enge seines Alpentals, standen am Ufer des Atlantiks, am tosenden Meer Galiziens. Sie hatten diese Reise unternommen, um «eine neue Heimat» zu suchen, wie sie sich etwas pathetisch gesagt hatten. Der Strand war verstellt mit einzelnen Häusern, beziehungsweise deren Rohbauten aus armiertem Beton, aus denen die bereits rostig gewordenen Eisen in den Himmel standen. Diese willkürlich verteilten, brutal in die natürliche Krümmung der Bucht gestellten Ruinen, elende Hoffnungsbauten einheimischer Portugiesen, die irgendwo im Ausland ihr Geld verdienten und es hie und da, in großen Abständen offenbar, in diese ihre Baustelle am Meer einbrachten, hatten ihnen auf ihrer Reise, nebst anderem, schon des öfteren alle Lust auf dieses Land verdorben.

Eben hatten sie in einer Bar, die aus ein paar wackligen Tischen, krummen Stühlen und einer von Coca-Cola und Fanta gesponserten Kühlbox bestand, etwas getrunken. Die Bar war nichts als eine ehemalige Garage, an der das Eisenrolltor halb offen stand.

Nun gingen sie auf einer Straße, die sich über die letzten Ausläufer des Landes wellte, auf einen Felsen, eine Art Kap zu, als sie plötzlich, und nur sekundenlang, draußen, in der gischtenden See, eine schwarze Spindel sahen, die aufstieg aus dem Wasser, sich in der Luft um sich selber drehte, um wieder in der Flut zu versinken. Hebel und Anderberg hatten den Delfin gesehen und dabei eine aufwallende Begeisterung empfunden. Sie gingen zurück über die einsam daliegende Straße, an der Garagenbar vorbei zu ihrem Mietauto, fuhren zum Hotel und dann, wenige Tage später, zum Flughafen und nach Hause zurück.

–

Hebel war überrascht. Der Zoologische Garten hatte sich seit seinem letzten Besuch stark verändert. Früher hatte man auf die Eisbären in einem durch eine Mauer begrenzten Zementgarten hinuntergesehen. Die Eisbären hatten keine andere Wahl, als sich den Zuschauern, die sich herunterbeugten, auf ihrem künstlichen Felsen darzubieten. Sie legten sich auf den Rücken und spreizten die Beine. Der Indische Elefant stand in der Mitte eines Rondells aus 64 dicken Eisenstäben, wiegte den Kopf und ließ den Rüssel baumeln. Dahinter eine Pagode, in der er die kalten Nächte verbrachte. An der Pagode war ein eisernes Tor, das der Wärter an einer Kette rasselnd herunterließ, wenn er seinen Elefanten mit einem Fuder Heu in die Pagode gelockt hatte. Einmal, so sagte man, hatte der Wärter das Tor auf den Rüssel des Elefanten fallen lassen. Zwanzig Jahre vergingen. Dann zertrat das Tier den alt gewordenen Mann.

Jetzt war alles anders.

Die Tiere waren nur noch schwer auszumachen in dem Zoo. Von dem Zoologischen war vor allem der Garten übrig geblieben. Nichts mehr da von den alten Gitterkäfigen, dem scharfen Raubtieratem durch den Eisenzaun. Die Elefanten hatten eine Felslandschaft, in der sie vom Stein nicht mehr zu unterscheiden waren. Die Kunst der Tiergartenbauer hatte die Tiere mit sogenannten natürlichen Landschaften umgeben und sie in diesen versteckt. Die künstlichen natürlichen Landschaften übertrafen die natürlichen an Natürlichkeit. Im Tiergarten standen Gartentiere. Vogel Strauß, Flusspferd und Zebra, eine ikebanaartige Figurengruppe, weit entfernt in einem savannenartigen Gelände, von mäandernden Wasserläufen durchzogen, die mit Schilf und Affenbrotbäumen bepflanzt waren. Die Vögel flogen frei durch riesige Tropenhäuser, in denen der Urwaldboden modrig dampfte, kreischten auf und verschwanden. Allerhand Reptilien im fetten Dschungelgrün. Wenn man Glück hatte, das heißt Geduld, sah man vielleicht irgendwo eine Schlange schlafen, in sich eingeringelt. Echsen züngelten zwiespältig. Im Vordergrund war großblättriges Immergrün, Äste mit wuchernden Orchideen. Es kam jetzt mehr auf den ökologischen Zusammenhang an als auf das Ausstellen von Tieren. Viele Tiere waren gar nicht mehr zu sehen. Ihre Anwesenheit entnahm man Schrifttafeln am Eingang. «Junge Großhorngnus», «Junge Servale». Die Tierkinder selbst wurden in besonderen Krippen vor den zudringlichen Blicken der Besucher geschützt. Die Eisbären schwammen im Sommer in einem speziellen Kühlraum.

Ein Name wie Hagenbeck bedeutete Schuld. Alle Zoos, in denen die Tiere den Zuschauern dargeboten worden waren, fühlten sich in der Pflicht. Das Wort «tiergerecht» ließ es angemessen erscheinen, die Tiere aus den Blicken der Menschen wieder zu entfernen.

Nur bei den Fischen ging es weiter wie schon immer; durch die dicken Scheiben der Aquarien gab es keine Verbindung zu den träge schwimmenden Gefangenen, vielmehr schien es, als ob diese ihre Betrachter gar nicht bemerkten.

Täuschte es, oder gab es schon weniger Tiere, hier, wo sie vor dem Aussterben hätten bewahrt werden sollen? Jedenfalls sah man nun vor allem die Besucher.

Auf schmal gewordenen Wegen drängten die sich, meist in Einerkolonne, durch die pseudoexotischen Landschaften. Vor den Panoramascheiben im Menschenaffenhaus standen sie mehrere Reihen tief, reckten sich, um über den Vordermann zu sehen, und stießen einander die Ellbogen in die Seite. Kinder wurden weit über Köpfe gehoben, ohne dass jemand einen Schimpansen oder einen Gorilla entdecken konnte. Der Käfig der Gibbons war, als hätte ihn eine biedere Hausfrau möbliert, mit Gummibäumen vollständig zugestellt. Säcke, Holzwolle, Reste von Früchteschalen. Veritables Kinderspielzeug.

Die Affen waren offenbar in einem natürlichen Freigehege, irgendwo um die Ecke. Oder in Quarantäne wegen der Grippe der Besucher. «Die Nischen im neuen Affenhaus», stand auf einer Erläuterung, «kommen dem Bedürfnis nach Sicherheit der Tiere entgegen.»

Zwischen dem Flamingosee mit seinen Nistinseln und dem Bisonauslauf war der Weg so schmal, dass zwei Kinderwagen nicht aneinander vorbeikamen.

Der Unterschied zwischen Tieren und Menschen war farblich klar gekennzeichnet. Dort alle Arten von Kamelbeige mit Vikunjabraun, hier Lila, Violett, Knallrot, Schreigelb, Tiefblau; Karos, Streifen, Diagonalen, leuchtende Punkte und Rhomben. Die Hinweise auf die Tiere, die alten Kärtchen, denen man ihre stets schrumpfende Verbreitung entnahm, musste man nachgerade suchen. Das Didaktische, eben noch sehr beliebt, war schon wieder verpönt. Die Besucher aber waren deutlich angeschrieben: auf den Kappen und Hüten, auf den Jacken, an den Hosen, auf den Schuhen, auf den Taschen, die sie mit sich trugen, und selbst auf den Sonnenbrillen. Einige Tierfreunde bekundeten ihre Sympathie für den Zoo mit einem kleinen Panda. Die Kinder waren von oben bis unten vollgeschrieben, vollgeklebt mit Uhus, Koalas und Affen, Hebel vermutete: damit man sie, wenn sie verloren gingen unter so vielen Leuten, über den Lautsprecher identifizieren konnte.

Die Tiere waren hinter Panzerglas und weit hinten in ihren Bambusgärten zu stummen Tierdarstellern geworden. Dafür trugen die Menschen Botschaften in den Zoo. Die meisten teilten übereinstimmend mit, dass sie New York liebten. Wer, wie Hebel, unangeschrieben in den Zoo gekommen war, konnte sich am Eingang ein T-Shirt kaufen, mit dem er versichern konnte, dass er als sein Träger den Zoologischen Garten liebe.

Im Tierpark stehen die Leute mit dem Rücken zu dem, was sie aus der Welt gemacht haben, und auf dieser Rückseite stehen für ihre Artgenossen verstümmelte Botschaften. Sie sehen für einen Sonntagnachmittag lang ab von dem Zustand, der für sie Welt sein muss, sie sehen durch den Filter der Gitter in das, was sie nun für Natur halten, zu halten gezwungen sind, denn ihre Wohnungen sind enger, kleiner, sind nur Schachteln verglichen mit diesen Landschaften; sie schauen unverwandt, ihre Gesichter ganz und gar leer vor Aufmerksamkeit, hingegeben, staunen, die Bekleideten vor den Nackten.

Einmal stand Hebel neben einem Kind. Ein kleiner Junge, er hatte in der Ferne einen Elefanten ausgemacht, Hebel folgte seinem Blick.

Der Elefant warf seinen Rüssel in die Luft und riss dabei das Maul auf. Der Junge deutete auf den Elefanten und fragte seinen Vater:

«Lacht er?»

Der Mann hörte nicht hin. Da fragte der Junge leise, der Vater konnte es gar nicht hören, so leise:

«Lachen Elefanten überhaupt?»

Hebel wandte sich am Ausgang des Zoos jenem Chalet

zu, das er seit vielen Jahren nicht mehr betreten hatte. «Paradies der Alpenbahnen», das Land als Modellanlage, auf der, scheinbar von keinem Menschen gesteuert, Dutzende von Zügen sich durch Tunnels bohrten, durch Kehren kurvten, über Viadukte fuhren, in Bahnhöfen anhielten, sich Seen entlang schlängelten. Während der Zoo nebenan sich zeitgemäß aufgefrischt hatte, alles Natürliche war modern, war das Paradies der Alpenbahnen altmodisch geworden. Modelleisenbahnen galten als kindisch. Die Nachbildung der wirklichen Welt en miniature hatte sich auf ein anderes Feld verlagert. Man schoss nun auf Bildschirmen auf rennende Spielmenschen in Spielen, die tendenziell Wirklichkeit wurden. Die Spieleisenbahn hätte sich nie in die Straßen der Stadt davon gemacht.

Hebel stand hinter einer Absperrung, im Halbdunkel. Er sah auf eine Landschaft, die es nicht mehr gab. Noch einmal die Fünfzigerjahre. Überall wehten kleine Schweizer Fahnen. Aus dem Lautsprecher muhte eine Kuh, Kuhglocken, dann sagte die Stimme eines berühmten Fernsehsprechers die Abfahrt der Zweisimmen-Montreux-Bahn an. Die Stimme des Sprechers erinnerte an die Zeit, als das Fernsehen noch schwarzweiß gewesen war. Aber diese Modelleisenbahn, man spürte es, war drauf und dran, zu kapitulieren.

Ja, dachte Hebel, ich merke nun, dass ich irgendwann einmal stehen geblieben bin. Es hat mich aus meiner Zeit hinausgealtert.

Zwar war die Hagenbeck-Zeit, in der man mit den Tieren auch die zu ihnen passenden Menschen ausgestellt hatte, schon in seiner Kindheit vorüber gewesen. In seinem Zoo hatte es immer schon aussterbende Tiere gegeben; mit roten Flächen waren die Reliktgebiete mit den Restbeständen markiert. Das Celebes-Nashorn; der sibirische Tiger.

Sogar der Molch. Moschusochse und Auerhahn. Die Schnabeltiere erleuchteten mit ihrer Abwesenheit ganz Australien mit grellem Rot.

Aber es hatte bisher für Hebel keinen Zweifel daran geben dürfen, dass ein Land, das so unentwegt an seinen Erhalt dachte und dafür jede Vorsorge traf, auch in einem Zoo, oder gerade mit diesem, den Niedergang würde aufhalten können. Es stand doch alles prinzipiell unter Schutz, die Alphornbläser und, lange genug, das Bankgeheimnis, die einzelne Persönlichkeit und die Minoritäten, von denen freilich nur die Eingeborenen, die Unfähigen in den Regierungsämtern und das Gras zwischen den Bahngeleisen. Und die Tiere?

Ein Niedergang, war er erst einmal erkannt, konnte gebremst, eine negative Entwicklung konnte umgedreht werden. Aussterbende Tiere, im Zoo geboren, wurden auf ihre Reproduktionsdichte wieder vermehrt und in ihrem natürlichen Lebensgebiet wieder ausgesetzt. Und dort wieder geschützt.

Aber das Rad drehst du dennoch nicht zurück. Als Hebel sich abwandte von den Pappgebirgen mit ihren ratternden Zügen, den mehlgepuderten Alpengipfeln, von dem Mühlrad, das nur unregelmäßig stockend lief, von den Bächen, die als Silbergelatine erstarrt waren, den Schweizerfähnchen, die flatternd still standen, da sah er, wie die Figürchen, die die Landschaft beleben sollten, die Bauern und Sennen, Karrenschieber und Rossgespannführer beim Vorbeifahren der Züge leise zitterten.

–

Die ärgste Krankheit des Menschen sei seine Vergangenheitssehnsucht, pflegte Anderberg zu sagen: die Nostalgie. «Es ist eine Zeitkrankheit, der wir je länger je weniger Herr werden.» Aber auch Anderberg hatte lange Zeit einzelne Stücke einer Modelleisenbahn gesammelt, Spur 0, Hag, eine Spurbreite, die sich nicht für kleine Tischaufbauten eignete. Vielleicht hatte Anderberg die Wagen und Lokomotiven gekauft, um sie zu retten? Er hatte in der Stadt einen Spielwarenhändler, bei dem er Stunden zubrachte. Der von allen Illusionen befreite Elementarschadeninspektor hatte schwache Stellen, die er nicht verbarg, jedenfalls nicht vor Hebel. Er war ein widersprüchlicher und insofern ein umso vollständigerer Mensch.

Hebel bewunderte bei ihm einen Eigensinn, der ihm selbst immer wieder abhanden kam. Er hasste an sich die Fähigkeit, sich anzupassen, auch wenn diese für seine Laufbahn als Versicherungsvertreter unabdingbar gewesen war. An Anderberg bewunderte er den Mut, ohne die üblichen Unverbindlichkeiten auszukommen, allein, ohne jenen Dunstkreis von sogenannt nahestehenden Menschen, mit denen man sich im allgemeinen nur vor der eigenen Unselbständigkeit rettet.

Sie sahen sich selten, ihre Wege waren verschieden, Anderberg sesshafter als Hebel. Der nannte Anderberg seinen Berg, zu dem er gern als Prophet wallfahrte. Wenn sie sich trafen, unterhielten sie sich am Nachmittag unter der Pergola am Steintisch einer Osteria, noch bei einem Kaffee oder schon bei einem ersten Glas Weißen. Dann fuhren sie fort, in den Abend hinein. Sie stiegen gemeinsam auf der Wendeltreppe einer Folge von Weißwein, Rotwein, Grappa und am Ende einiger Biere in die Nacht hinunter. Abende mit Gesprächen, Essen und Musik, von denen der Besucher später nicht mehr viel erinnerte, nicht viel Zusammenhängendes jedenfalls. Aber Hebel machte sich am Morgen aus dem Haus mit dem Gefühl, beschenkt worden zu sein.

–

Am letzten Tag des Jahres kam noch einmal eine Krähe in Sicht, genauer: ein Rabe. Hebel erkannte ihn sofort. Es war Ralph. Er sass auf einem kahlen Ast nicht weit von seinem Fenster und schaute herüber, nach Rabenart, den Kopf leicht schräggelegt, im Nieselregen dieses letzten Tages eines schwierigen Jahres. Er schaute auch am letzten Tag noch skeptisch. Er schaute, er bewegte sich nicht. Dann setzte er sich mit einem leichten Hüpfer anders hin auf seinen Ast, und dann flog er los. Der Rabe hatte ihn angeschaut. Als er weg war, dachte Hebel mit jenen Worten von Kafka: Dieser Rabe ist nur für dich bestimmt gewesen. Er wusste, er würde ihn nicht wieder sehen. Er hatte etwas Entscheidendes unterlassen, aber was?

Er sah sich auf Bäume klettern, nach Rabennestern Ausschau halten. Er würde sich an das Leben in den Bäumen gewöhnen, dachte er, wie einst jener italienische Baron von Calvino. Es wird Zeit, Alter! Oben, im Laub, und nie mehr zurück. Bücher könnte man mitnehmen, die vielen, die immer noch warten, oder werden es immer mehr? Er würde weiterklettern, hinauf und hinüber, in die anderen Bäume, und weiter, auf der Suche nach Ralph-dem-Raben, selbst Ralph werdend, Ralph geworden.

–

Aber warum nicht Studium der Bergdohlen? Alles andere aufgeben … Sie sind das Wildeste, Lebhafteste hier oben, Bettmeralp, in dieser eingeschneiten stillen Landschaft. In kleinen Schwärmen im dünnen Himmel. Einzeln stürzen sie, über eine Flügelkante kippend, abgrundwärts. Wovon leben sie, immerfort fliegend, in dieser weißen Landschaft? Sie sind da, nicht da; am Mittag sieht Hebel sie am Dachrand, auf der an den Rändern von der Märzsonne benagten

Schneematratze, die auf dem Dach liegt. Dann wieder in der Luft, schwarze Fetzen, flach segelnd, ohne Flügelschlag. Die Schwingenränder gezackt, gespreizt in die Bergwelt. Als gelte es, Unabhängigkeit darzustellen, Menschenverächter ohne Verachtung, oder Gleichgültigkeitsdarsteller. Sie sind da, gehören dazu, und gehören nicht dazu.

Dohlen … schon das Wort!

Er legt einen Wurstzipfel und Brosamen aus. Sofort sind sie da. Sie wären nach kurzer Zeit zahm, denkt er, handzahm, wie alles, was man füttert. Ein Schwarm schwarzer Vögel, seine Begleiter … Ihr Schrei ist nicht fordernd wie bei den Krähen, hat Luft, ein Zwitschern im Mezzosopran, sofern das Wort Zwitschern nicht missverstanden wird. Nicht die ewige Streitlust der Krähen. Wenn man ihnen beim Fliegen zusieht, den Dohlen, kommt einem das alte Wort für Luft (Himmel?) in den Sinn: Aar. Und also Ariel. Dann Zephir. Manchmal fliegen sie im Schwarm, waagrecht, ohne sich zu bewegen: Geschwader.

Dann gleich der Lärm der Kampfflugzeuge; die Schweizer Luftwaffe verteidigt die Alpen, die von seiner Kanzel aus schön aussehen, schön und unbewohnbar.

2 Das Gedächtnis der Hand

–

Was ist das Berührende an den Tieren? Unschuld, Reinheit, dachte er, oder wie schon gesagt: ihre Sprachlosigkeit? Sie rühren uns, weil sie sagen, ohne zu reden. Aber sie sind auch ganz da, einfach da. Der Rührung durch ein Jungtier entzieht sich sowieso keiner. Der hartgesottenste Banker oder Verbrecher geht in die Knie angesichts eines Fohlens, das auf der Weide in die Luft springt. Unmöglich, nicht über die Stupsnase eines kleinen Hundes zu streichen (die gewiss, sagen die Verhaltensforscher, zu nichts anderem da ist als um zu rühren). Kopf und Rücken einer kleinen Katze. Die frisch geborene Maus erscheint uns unangenehm schleimig; erst als kleine Maus darf sie ins saubere Bilderbuch, dann aber unbedingt. Immer ist in diesen Fällen auch Pelz im Spiel. Ein frischgeborener Hecht rührt keinen, so wenig wie ein heranwachsender.

Das bringt darauf, dass solche Rührung auch mit Berührung zu tun hat, oder genauer: mit ihrer Abwesenheit. Streicheln heißt solche Berührung, die einmal üblich war unter Menschen. So etwas sieht man kaum noch. Man sieht, wie einer den Mantelsaum unter sich zieht, wenn in der Straßenbahn sich jemand neben ihn setzt, und wie er enger rückt. Man sieht, wie im Wirtshaus je ein Mann an je einem Tisch sitzt. Man sieht, wie ein älteres Paar sich dort gegenübersitzt und sich während eines langen Abendmahls nichts zu sagen hat. Wer als Mann ungewollt die Brust einer Frau streift, empfindet Scham über etwas Unangemessenes, aber viel mehr noch die Freude eines unverhofften Wiedersehens.

Junge Leute küssen sich wohl, und immer mehr muss das unter den Leuten sein, sodass man auf den Gedanken kommt, zu Hause täten sie es gar nicht mehr. Und wenn man zuschaut da, wo man nicht zuschauen möchte, sind sie so heftig, dass es aussieht wie der Versuch, den andern zu ersticken. Ihre Verschlingung ist eine Demonstration mit provokativer Note: wir sollen ihnen ihre Liebe abnehmen. Das doppeldeutige Wort sagt auch schon etwas. In Wirklichkeit, denkt Hebel, würden sie den andern am liebsten in seine Jacke wickeln und sie zunähen mitsamt der Kapuze, um ihn ganz für sich zu haben. Aber niemals würden sie dem andern den Mantel abnehmen und für ihn hinfalten. Ihre demonstrativen Umarmungen sind eben auch nichts anderes als die Paniktriebe ausgebliebener Berührung.

Streicheln also, immer nur streicheln. Die Hand fährt ganz von allein in das Fell des Hundes. Streicht ganz automatisch über die Katze. Schnurrt diese, umso besser. Diese Hand hätte dann nie irgendwo anders sein mögen. Das Kaninchen wird an die Wange gehoben, da so lange niemand anderer dort war. Ängstlich, behutsam streicht einer über den Kopf des Pferdes, zunächst über die Stelle zwischen Auge und Ohr, wo ihm das Gebiss nicht gefährlich wird, später doch auch über den Nasenrücken zwischen den Nüstern. Raubtiere müssen nicht vor dem Ausbrechen geschützt werden, sondern vor dem Gestreicheltwerden durch einen traurigen Zoobesucher. Dessen Hand vergisst, was sein Kopf ihm sagt. Die Hand wenigstens möchte sich besorgen, was der Seele fehlt.

Und seltsam dass, wenn langsam der Verstand und langsamer noch das Herz Abschied genommen haben vom verstorbenen geliebten Hund, die Hand noch lange an ihn denkt. Ihr fehlt er für immer, und sie ist nun für alles andere gefühlloser geworden.

New York. Wegen Morddrohungen hat sich
ein superreiches Hündchen in den USA im
Privatjet in Sicherheit bringen müssen.

Der Malteserhund «Trouble» sei an einen unbekannten Ort in Florida geflogen worden, berichtete die New York Times. «Trouble» hatte von seiner Besitzerin, der milliardenschweren Hotelbesitzerin Leona Helmsey, nach deren Tod zwölf Millionen Dollar geerbt. Zwanzig Todesdrohungen gingen an die Adresse des verwöhnten Haustiers, das in einem 28-Zimmer-Anwesen im US-Bundesstaat Connecticut lebt – zusammen mit seinen hauptamtlichen Betreuern.

Kiew. Eine grausige Entdeckung hat ein ukrainischer Hundebesitzer gemacht. Als der Mann nachts zum Zigarettenholen in seine Küche ging, musste er mitansehen, wie sein Pitbull-Terrier seine Mutter fraß. Wie die Nachrichtenagentur Interfax meldete, hatte das als aggressiv bekannte Tier offenbar die 66-Jährige angefallen, getötet und zum Teil aufgefressen. Der Mann rief die Polizei, die das Tier nun töten will.

–

Aus der Steppe müssen sie gekommen sein. Aus Tundren, über Moore, durch Birkenwälder. Von weit. Jetzt liegen sie auf Asphalt, zwischen Hochhaustürmen, die hinter ihnen in einen grauen Himmel steigen. Man sieht Kräne, die Hunde liegen unter einer Hochbahn, Fell an Fell, eine Meute, keine Familie, ein Haufen, Fellhaufen, eine hingelagerte Gesellschaft und Schicksalsgemeinschaft.

Ein Rudel verwilderter Hunde, wie die Zeitung schreibt, doch was heißt verwildert? Was weiß eine solche Bildredaktion, der das Foto gefallen hat, über Hunde, ärgert sich Hebel. Verwildert! Hunde, das allererste Haustier, sind schon lange nicht mehr wild, keine Wolfskinder; sind immer Menschentiere. Auch wenn sie ohne Menschen leben, sind sie doch auf ihn bezogen, auch hier, in diesem Moskau, das er nie bereisen wird, hier, in der, wie er sich vorstellt, allerfeindlichsten Stadtwelt.

Die Hunde bilden einen Haufen, aus dem es aufmerksam nach außen blickt, in die Menschenwelt. Ziemlich wach die einen, scheinbar schläfrig die andern. Fünf oder sieben Hunde, verwildert oder auch nur verstreunert, ausgerissen, entkommen oder verstossen, oder beides, eine Interessengemeinschaft ohne weitere gemeinschaftliche Bindung als das Interesse am Überleben.

Als Stadtwölfe, Wolfshunde erkennbar, dunkel maskiert im Gesicht die einen, andere honigfarbig. Leicht heruntergemendelte Rassehunde, oder Tiere in gerader Abstammung vom Schäfer. Schöne Hunde. Die Ohren haben sie alle oben, auch wenn die Schnauze faul auf dem Pflaster liegt. Und alle schauen sie in die gleiche Richtung, zum Fotografen.

Das Foto steht als Illustration der Nachricht, dass in Moskau 41 Personen nach Hundebissen in der Klinik behandelt wurden; von Tollwut ist die Rede, ohne dass die Zeitung von einem Todesfall berichten kann. Nun sind aber die Hunde im Visier der Ordnung, «Hunde-Terror» das Wort, Zehntausende seien herrenlos in Moskaus Straßen unterwegs. Das Foto der Meute straft die Meldung von ihrer Gefährlichkeit Lügen, aber das interessiert keinen; das Wort «Tollwut» in der Titelzeile genügt.

Hebel kommen sie vor wie die Hunde jener Stadtstreicher, dieser Jugendlichen, die einzeln oder in kleinen Gruppen an den Häuserwänden lehnen, auf einer Decke oder grobem Tuch, die da und dort lagern, fast stolpert man über sie. Jacken, Mäntel, filzige Schals, altes Militärzeug oder verwegene Kostümierung um sich gewickelt. Welche nebenher ein bisschen betteln, wie nebenbei, als ging's sie nichts an, wo sie sind und was sie sind. Ihre Hunde eng bei ihnen, keine Rassehunde, Hund an sich. Mensch und Tier offenbar gegen Kälte immun, ob nun durch Drogen, Alkohol, Fell geschützt. Unbeteiligt, ausgeschieden, offenbar freiwillig auf der anderen Seite der Gesellschaft unterwegs; Widerstandseinheiten gegen die Bürgerlichkeit, die an ihnen vorbeidefiliert oder -hastet, den Blick manchmal angewidert abgewendet. Manche auch scheu.

Wo haben sie diese Hunde her, fragte er sich immer, diese schönen Hunde, Kerle, wenn auch mitunter verstruppt, junger Stadtstreicher und Hundekerl eine Einheit, eine Straßenehe. Verweigerer. Wo haben sie die Hunde her? Aus Steppe, Tundra, Birkenschonung? Und Hebel möchte genau so einen Hund, seine Aufmerksamkeit, seine offensichtliche Treue. Seine Bereitschaft, ihn zu verteidigen.

Die da, das sieht man, ziehen ihren Hund dem Menschen vor, dem, der an ihnen vorbeigeht. Vielleicht, denkt Hebel, gibt es zwischen dem Jungen hier und dem aufgeputzten Punkmädchen eine Beziehung, die über das gegenseitige Anzünden einer Zigarette hinausgeht, Gefolgschaft des einen für den andern, Körper an Körper an einem geschützteren Ort, flüchtige Liebe. (Warum traut er ihnen nicht mehr zu?) Aber der Hund scheint ihnen wichtiger zu sein, näher, lieber; die Beziehung mit dem Hund dauerhafter. Das Mädchen mit dem Irokesenkopfputz schaut keinen an, der vorbeigeht. Aber auch der Hund nimmt keine Notiz. Sie ziehen den Hund dem Menschen vor, der an ihnen vorbeigeht.

Auf den Hund gekommen. Angesichts des Abgeschabten, Abgewetzten dieser Straßengammler kriegt das abgenutzte Wort anderen Glanz: den Glanz eines Erfolgs, der gegen den Widerstand des Normalen gewachsen ist. Und wächst. Hebel beobachtete nie, dass sie ihren Hund streicheln. Sie haben eine andere, eine lebendigere Beziehung als der Bürger, der mit dem Hund an der Leine stolziert, von der dicken Frau mit dem fetten Dackel ganz zu schweigen. Ihr Hund braucht keine Leine; er kreist um sie herum, in einer eng angeschmiegten Spirale, die magnetisch wirkt. Dann wieder liegt er, auch er scheinbar schlafend, eng bei ihnen. Halsbänder, nicht Leinen, deuten darauf hin, dass diese Hunde zu jemandem gehören. Aber sie stehen freiwillig bei ihm. Ein solcher Hund wartet, er kann aushalten. Oder der Hund läuft neben ihm her, schaut zu ihm auf: ein Bündnis. Oder Abhängigkeit des einen vom andern, die ein Bund geworden ist. Jedenfalls wirken diese Hunde weit besser erzogen als die meisten Leineläufer. Vielleicht ist es eine gewisse Gleichgültigkeit oder Vernachlässigung, denkt Hebel, die die besten Hundeeigenschaften in ihnen wachruft und ausbildet.

Und dann diese Pietà. Ein solcher Junge sass auf seiner Decke auf dem Pflaster, sah in die Leute, die über ihm vorbeigingen, hatte einen Becher mit Münzen vor sich. Auf seinen Knien aber lag der Hund, hingestreckt, die Augen geschlossen, in eine knappe Decke gewickelt. Der Junge rief die Passanten an (während sein Hund schlief, den er hinhielt wie andere ihren Bettelbrief: als seinen Mildtätigkeitsanstoß), «Haben Sie eine Münze für mich?»

Es war nichts Dringliches bei dem Ruf, so wenig Nötigung, dass Hebel sich erst Schritte später darüber verwunderte, dass er ihm nichts gegeben hatte. Und als er sich umdrehte, sah er, wie der eine Zigarette zum Mund führte, den Rauch gelassen ausstieß, der junge Mann mit seinem Hund auf den Knien, bettelnd und kein Bettler.

«Er war ein Einbildungswesen, mein Hund. Ich mochte es, wenn er nur so dastand und witterte, die Luft durch die Lefzen einzog. Er war mein Begleiter, und ich war sein stiller Teilhaber. Ich sagte ‹wir›, wenn ich das Wort an ihn richtete. Wir werden es denen zeigen. Wir werden bald abhauen. Wir werden uns nicht gängeln lassen. Wir zwei. Her mit dir.

Als ich noch arbeitete, war mir der Hund oft eine Last. Was schnüffelt er nur? Er konnte unter Missachtung meiner immer grimmigeren Befehle, mit bockigen Beinen sich sperrend, eigensinnig einen unsichtbaren Fleck beschnuppern mit einer Akribie - fehlte bloß noch die Lupe. Was fängt er nur mit den Forschungsergebnissen an, was kommt ihm durch seine Schnüffelnase zu, welche Botschaft steckt für ihn in der ausgiebigen Analyse? Bereichert sie sein Wissen, und wenn ja, wo steckt er es denn hin in seinem hündischen Hirn? Setzt es sich in Bilder um? Dachte ich und zerrte, wahnsinnig vor Ungeduld, an der Leine. Fließt es in seine Phantasie und später in seine Träume? Ist es Warnung oder Verheißung? Er war hinter dem Fleck her, und ich hätte ihn abmurksen können. Dickschädel, störrisches Vieh, schrie ich ihn an.» Paul Nizon

–

Anderberg hatte, merkwürdig genug für einen so auf sich selbst gestellten Menschen, über einige Jahre einen Hund bei sich gehabt, einen Zugelaufenen, einen *trovatello,* also einen «Findling», wie die Einheimischen dort sagen. Anderberg schrieb Hebel: sein Hund war vergiftet worden. Die üblichen Täter, sagte er grimmig, missgünstige Nachbarn, vielleicht Jäger. Und der übliche Cocktail: Schneckengift, Insektenpulver und Fett drumherum. Das Ende seines Hundes, schrieb Anderberg, empfinde er als den Anfang des seinen. «So sind Tode die Wegmarken der vergehenden Zeit.»

«Hund, sitz! Hund bleib!, sage ich», schrieb Anderberg von seinen Gedanken. «Aber Hund läuft weiter; Hund, warum läufst du mir überall hin nach? Hund muss laufen, kann nicht genug laufen, er ist nicht genug gelaufen. Da ist er, in Varese, in Locarno, in Bellinzona und überall dort, wo Menschen mit Hunden gehen, also überall.»

Übertreibt Anderberg in seinem Schmerz?

Man komme nicht darüber hinweg, man komme deswegen nicht darüber hinweg, weil man ihn nicht sehe, den Schuft. «Kann mir ein Gesicht vorstellen», schrieb er, «es gibt ausreichend hässliche Männer, aber es wird nicht sein Gesicht sein, das, in welchem unter dem Faustschlag das Blut spritzt, der am Boden liegt und dem man in die Eier tritt, bevor man die Polizei ruft. Ich beginne zu verstehen, was es für die Angehörigen bedeutet, wenn einer verschollen ist, zum Beispiel umgekommen im Tsunami und nie wieder an Land geschwemmt.» Hebel denkt an den Ingrimm jener Chinesen, die einen Hundevergifter erwischten, ihn an einen Baum banden und ihm selbst sein Gift zu fressen gaben, bis er verreckte – wie ein Hund.

Es bleibe die Frage: Was sind das für Menschen? Und die Tatsache, dass es auf sie keine Antwort gebe, nur eine Konsequenz, die, dass man mit solchen nichts zu tun haben wolle. Und schon wieder breite sich, unweigerlich, eine andere, eine zweite Vergiftung aus. Was sich im Bewusstsein immer mehr verfestigt: dass es sie sind, nicht einzelne, viele, und am Ende: alle. Sie alle verbunden in einem Einverständnis, das die Untat schützt, als verwerflichen Brauch – der dadurch, dass auf ihn nichts folgt als Schulterzucken, gesellschaftlich legitimiert werde. «È normale!», sagten die Leute nur, und «Purtroppo – è così!»

Wenn er seine Fotos sehe von dem Hund, nach drei Monaten immer noch unerträglich nah, dann fühle er, dass der Ort, den er – inmitten, oder mit, oder gegen die Dörfler – begründet habe, zerstört sei, wohl für immer. Der Ort sei *mit ihm* ein ganz bestimmter Ort geworden. «Erst als Hund da war, lohnte es sich endlich, hier zu sein. Er hat mich geerdet, wie ich zuvor nicht geerdet war. Mit ihm zusammen hatte ich eine Struktur gefunden, etwas, das mich band, nicht nur an ihn – durch ihn zu dieser Erde, auf der wir nun gemeinsam lebten. Der Ort ist leer, auch jetzt, drei Monate später.»

Anderberg übertreibt, denkt Hebel.

«Einen Tag vor der geplanten Abreise aus Ascona, beim letzten Spaziergang dort wurde Gioia von einem vorüber fahrenden Automobil getötet. Den Automobilisten traf keine Schuld. Dem blinden Instinkt folgend, lief sie plötzlich nach einer Katze über die Straße. Ich trug das schwere, todwunde Tier von der Straße. Kein Jammerlaut, stummes Verwirrtsein, keine Wunde, der äußerlich unveränderte Schädel vermutlich gebrochen, lahme Pfoten, Gehirnschaden. Fragende, unendlich traurige Augen, die mich anblickten, als ich neben ihr kauerte, sie streichelte, unbeholfen zu ihr redete. Bis sich ein langer Blutstrom aus ihrem Maul ergoss. Nicht-verstehen-Können und lautlose Ergebenheit ins physische Ende. Als E. nach Hause kam, lag Gioia ausgestreckt an einer schattigen Stelle unseres Gartens. Das kurzhaarige, goldbraun gestromte Fell fühlte sich noch warm an.» Jean-Rudolf von Salis

–

Hebel erinnerte sich ungern. Er war mit mäßiger Geschwindigkeit die Straße entlang gefahren, als ein wischender Schatten aus einer Toreinfahrt schoß, direkt unter sein Auto. Ein heftiges Rumpeln, dann war es ihm, als fahre das Auto lautlos weiter. Er blickte in den Rückspiegel und sah keinen Hund liegen. Doch stürzte ein Mann zum Straßenrand. Sofort hatte Hebel ihm die Verantwortung übergeben. Warum hält er seinen Hund nicht besser? Hebel wollte nicht wissen, wie der Hund zurückgeblieben war. Der blieb seither bei ihm, folgte ihm, umkreiste ihn, man könnte sagen, er verfolgte ihn und ließ sich lange nicht mehr vertreiben.

–

Und so sprach Anderberg, der Hundepaulus: «Ja, liebe Freunde und geschätzte Feinde, ich bin auf den Hund gekommen. Was fragt ihr viel dazu, die ihr nichts zu fragen habt? Was haltet ihr mir vor, die ihr nichts zu beurteilen habt? Ich sei vom Saulus zum Paulus geworden, sagt ihr, vom Hundefeind zum -freund. Und vorwurfsvoll fragt ihr, als ob Saulus' Wandlung eine Untat gewesen wäre. Als ob euch der alte Hasser lieber gewesen wäre.

Wolltet ihr lieber, dass Paulus Saulus geblieben wäre? Seid ihr stolz darauf, Saulus zu bleiben, oder glaubt ihr, Paulus sein zu können ohne den beschwerlichen Weg über den Irrtum? Werft ihr Paulus seinen früheren Saulus vor?

Oder seid ihr überhaupt und grundsätzlich dagegen, dass einer sich verändert? Der Mensch hat ein Recht auf mehrere Leben.

Ja, ich wurde bekehrt, und übrigens durch einen Hund, und nicht durch Euresgleichen. Das ärgert euch … Ihr seid nicht blöd, ihr Frager, und vielleicht ahnt ihr das Richtige: dass ich mich damit für das Tier, und gegen euch entschieden habe.»

–

Gewiss, Hebel geht in den Zoo. Häufig sogar. Aber er kauft niemals ein Tierbuch. Tierbücher wären ihm zu unwissenschaftlich, und für die Wissenschaft fehlt ihm die Voraussetzung. Hebel steht und schaut. Dann liest er aufmerksam den Namen des Tiers, auch den lateinischen, auf der Hinweistafel, liest den ganzen Text. Das reicht ihm. Er braucht die Tafel nur einmal zu lesen. Dann schaut er die Tiere an. Die Tiere haben etwas, was Menschen nicht haben. Aber was ist das?

–

Die Löwen in Afrika, las Hebel, seien vom Aussterben bedroht. Sie hätten, über den Zwischenträger Hyäne, von den Dorfhunden die Staupe aufgelesen. Gegen ein Virus, dachte Hebel, ist selbst der Löwe machtlos.

Der König der Tiere –

Aber dass das Virus ausgerechnet von einem Hund kommen muss?

Dem Löwen ist es egal. An den Hund als Ursprung eines Virus, und erst recht an eine Kränkung durch diesen Ursprung denkt nicht der Löwe, sondern nur Hebel, der weiß, dass der Löwe so nicht denken kann. Obwohl er, Hebel, es sich nicht verkneifen kann, sich zu fragen, ob jener, der Löwe, sich das fragen würde, wenn er nur könnte. Hebel denkt ihm einen Gedanken auf den Pelz – auf dem breiten Rücken einer Tiermetapher hat schon viel Platz gehabt. Man denke nur an den langweiligen Lafontaine.

Der Löwe aber duckt sich, ob unter der Sonne oder der Staupe oder unter solch Zugedachtem, trollt sich, und trotz der soundsovielten Meldung über sein Aussterben lebt er weiter, keineswegs stolz wie in dem Epitheton ornans, das ihn begleitet, oder mächtig, ein König, wie der Sprachgebrauch es will, und sicher nicht gekränkt, wenn auch möglicherweise krank, ein Löwe, sonst nichts.

–

Und dann, als alles gelungen schien und gut geworden und Tante Lucy sich hätte niederlegen können und wäre eine Blume gewesen im Angedenken der Menschen, da begannen ihre Ohren zu wachsen. Zuerst nur die Ohren. Die Ohrblätter strebten, chinesischen Pilzen ähnlich, fort vom Kopf. Die Ohrläppchen gingen in die Länge, wurden eigenartige Gehänge und entfremdeten sich dem Gesicht. Aus den Ohrmuscheln kamen Haare, zuerst einzelnes Gekraus, dann Büschel. Während der Zeit floh die Stirn immer weiter zurück. Dann beschatteten sich, dann behaarten sich ihre Wangen. Vornüber fielen die Schultern, ein Buckel spross. Zottig wuchs es ihr aus der Scham. Darunter krümmten sich Säbelbeine. Als wäre sie noch nicht genügend verunstaltet, begannen nun, während die Wangen einfielen, die Zähne hervorzutreten, bis sie ihr Gebiss vor sich her trug wie ein unendliches Lachen.

–

Der Mensch, ein vom Bogen geschnellter Pfeil, ist nicht aufzuhalten. «So sprach der Adler, als er an dem Pfeile,/ Der ihn durchbohrte, das Gefieder sah:/So sind wir keinem anderen erlegen / Als unsrer eigenen Schwinge …», heißt es bei Aischilos. Er sei ein «Irrläufer der Evolution», sagte man dann später. Eine Erkenntnis, die zunächst irritierend war, bald eine faule Ausrede, schließlich wohlfeil und bequem. Ach, ihr Armen, sagt man zu den Tieren, ihr habt es nicht leicht mit uns; leider haben wir uns irrlaufend von euch wegentwickelt … Um dann weiter zu machen mit dem Fortschritt ihrer Abschaffung.

Jacques Piccard, der Meeresforscher, soll von seinem Vater Auguste zum Thema Irrläufer dieses gehört haben: Der Mensch habe einen ungünstigen Grad an Intelligenz. Wenn er dümmer wäre, könnte er keine Entdeckungen machen. Wäre er klüger, wüsste er, wie man damit umgehen könnte.

Mit dem Vater war Jacques am tiefsten Punkt der Ozeane gewesen, 16 940 Meter unter dem Meeresspiegel, in ewiger Nacht. Die hatte Kant vergessen, neben seinem gestirnten Himmel über und dem moralischen Gesetz in uns (das eher Anlage als ausgebildetes Organ ist; so eine Art Blinddarm): Von der Tiefsee hatte Kant noch keine Vorstellung, von dem Meer, das in seiner Unendlichkeit so voller Geheimnisse und Andacht ist wie das All.

Es war die Zeit mehrerer erfolgreicher Flüge zum Mars, die einen amerikanischen Präsidenten bereits an dessen Besiedlung denken ließen, und anderer Ausflüge ins All, bei denen die Aktien derer stiegen, die sich auf den nächsten großen Reibach freuten. Und da es zum Wesen eines Irrläufers gehört, dass er niemals genug in die Irre laufen kann, war es auch die Zeit der Expeditionen in der Welt letztes Reservat, die Tiefen der Meere. Nicht der Tiere wegen, sondern wegen der offenbar ungeheuren Schätze inklusive des uralten Lockmittels Gold, womit wiederum neue Vermögen in Aussicht standen. Es hat sich nichts geändert seit der Eroberung des amerikanischen Westens, samt Ausrottung der

Büffel und Indianer, nichts: es sind die gleichen Leute, der gleiche Menschenschlag.

Eine der treffendsten Wortverbindungen, die es gibt: die Welt ist mit dem Menschen geschlagen.

Die Tiere, sie haben sich niemals, in keinem Augenblick ihrer Entwicklungs- und Leidensgeschichte, die mit dem ersten Homo erectus begonnen hat, gegen diesen gewehrt. Haben sich niemals aufgelehnt, haben sich nicht zusammen gerottet, haben den Kampf nicht aufgenommen.

Im Gegenteil. Trotz genügend schlechter Erfahrungen haben sie in ihrer Einfalt nur immer weiter zum Menschen aufgeschaut, bestenfalls einen Bogen um ihn gemacht. Die Hunde gehorchen dem Weisen wie dem Kretin, Pferde tragen Reiter, unterschiedslos zarte und brutale, die Schafe lecken den Hirten, der ihnen das Messer in den Bauch stösst.

Der Mensch hat viele Tiere umgebracht, um sie zu verspeisen; das ist normal bei seiner omnivoren Veranlagung. Er ist Vegetarier nun einmal nur auf besonderen Vorsatz. Er hat sie geschlachtet und ausgerottet, um Geld zu machen, was, wenigstens vom Tier aus gesehen, weniger normal ist: Elefanten wie Narwale, Fischschwärme samt darin befindlichen Delfinen, Singvögel wie Robbenkinder. Und er war zu solchen Dingen fähig wie jenem, Pinguine als Heizmaterial für die Öfen zu brauchen, in denen er das Walfett auskochte.

Er hat, indem er rodete, besiedelte, industrialisierte, Schäden in Kauf genommen, die das Aussterben unzähliger Arten nach sich zogen, freilich auch, als ein makabrer Schöpfergott, die Schaffung neuer Arten bewirkt wie den Stadtfuchs, die immerwährende Taube, das Kloakenkrokodil, den Goldfisch, nicht zu vergessen alle Kreucher und Fleucher, von der Stubenfliege bis zur Teppichmilbe. Um einmal von Dolly, dem Schaf, zu schweigen, bei dem man schaudernd sieht, wie der Mensch nun auch das freiheitliche Spiel der Evolution, eine der zentralen Erfindung der Natur, außer Kraft setzt.

Und die Literatur, die immer alles besser weiß? Sie hat, von Lafontaine bis Orwell, die Tiere in Gleichnisse eingesperrt, in denen sie nichts anderes zu tun hatten, als um der Metaphernseligkeit willen moralischen Frondienst zu leisten. Vom Missbrauch einer Grille, die den Sommer über singen muss, um im Winter mit Hunger bestraft werden zu können, bis zur «Farm der Tiere», einem literarischen Gehege, in dem die Tiere von ihrem Autor nur darum gehalten werden, um ihnen eine antistalinistische Parabel abzupressen, die dann noch als antikapitalistisch missverstanden wurde – als ob dies das Schwein Napoleon, welches dort eine Hauptrolle spielen muss, oder irgend eine andere Sau im Geringsten interessiert hätte.

Das Tier hat keinen Namen, heißt weder Napoleon noch Snowball, und nicht einmal die glücklichsten Ferkel heißen Babe. Aber es spricht nicht, was den Menschen ärgert, weil er doch immerfort reden muss. Sag etwas, Katze! Schau mich an, Hund, und antworte gefälligst! Schau wie es schaut, das Pferd, als ob es gleich reden würde! Und so fort. Aber das Tier will ums Verrecken nichts sagen. Das hat etwas Beleidigendes. Also gibt man ihm Namen und spricht an seiner Stelle, und indem man für es spricht, hat man es auch schon für sich vereinnahmt. Auch dieser Text hier kann sich mühen wie er will, er macht davon keine Ausnahme.

Das Tier wehrt sich nicht. Also hätte man leider auch nie davon gehört, dass es je einen Konvent einberufen hätte. Dass dieser, nebenbei bemerkt, nur ein Thema würde haben können, ist klar. Einen solchen Konvent gibt es nur in der Literatur, und wenn man ihn dort als Erfindung rühmen könnte, muss man ihn doch auch als Anmaßung rügen.

Die Tiere, sie taten sich nicht zusammen, und sie gehorchten niemals nicht. Sie dachten nicht einmal daran, nicht zu gehorchen, denn auch gehorchen ist etwas, was sie so nicht denken. Die Vereinigung also, welche es gebraucht hätte, um den Konvent einberufen können, wurde nicht gegründet, der Protest, der zur Gründung der Vereinigung geführt haben würde, wurde nicht formuliert. Es gab kein Geheul, das in irgend einer Steppe, in irgend einem tiefen Wald und auf irgend einer Bergeshöhe je die Voraussetzung zur Formulierung eines Protests und zur Gründung einer Vereinigung zur Vorbereitung eines Konvents der Tiere geschaffen hätte. Die Tiere taten sich nicht zusammen, sie blieben, wo sie zählbar waren, erzählbar, anzählbar, auszählbar, jedes an seiner Stelle und nach seiner Art, jederzeit bereit dazu, ausgerottet zu werden. Der Konvent der Tiere fand nicht statt.

Die guten Tiere, denkt die Bestie Mensch, indem sie im Vorgeschmack speichelt, sie merken nicht einmal, dass es ihnen an den Kragen geht. Mein Auto fährt auch ohne Igel, denkt so ein Irrläufer, wenn es rumpelt nachts, und unter allen Organismen sind ihm die fossilen am liebsten, denn sie liefern ihm den Treibstoff für sein Gefährt.

Und dann schreibt einer über Tiere, die nicht schreiben können. Schreibt er über sie, weil sie nicht schreiben können? Dann hätte er sie auch schon … Irrlauf! Da dreht sich etwas im Kreis, und dieser Kreis bezeichnet ein Verhängnis.

Es gibt nur eine einzige Instanz, bei der das Tier gegen den Menschen eine Chance hätte, und das ist ausgerechnet die unanrufbarste: der Mensch. Bei ihm müsste das Tier seinen Verteidiger finden, und siehe, es findet in ihm seinen Richter, und einen, der mit Vorliebe Todesurteile spricht.

–

Hebel ist kein Vegetarier. Er hat einmal gelesen, es genüge, wenn die Tiere, von denen man isst, artgerecht hätten leben dürfen. Darauf achtet er. Und das genügt ihm.

–

Ein Schaf, das man Dolly nennt, scheint ein harmloses Schaf zu sein, harmlos wie ein Schaf. Der Name erinnert, eine abgefeimte *captatio benevolentiae,* an ein bekanntes Musical. Aber Dolly war nicht harmlos, und schon gar keine Lachnummer. Die erste geklonte Kreatur verweist über sich hinaus auf eine Fantasie, die in der Menschheit lange schon umgeht: die Erschaffung des künstlichen Menschen.

Wer hat sich nicht schon alles an ihm versucht, dem Golem, dem bisher als frevlerisch geltenden Bemühen, der unbelebten Materie Leben einzuhauchen? Rührend erscheinen in der Rückschau die Versuche, einen «mechanischen Menschen» zu bilden, jene Konstruktionen aus Blech, Federn und Schräubchen, die allerhand konnten, nur atmen mochten sie nicht. Nur ein Schriftsteller, ein später Romantiker wie E.T.A. Hoffmann, konnte mit seiner Olympia so weit gehen, den gebastelten Menschen mit eigenem Leben zu erfüllen – so etwas war der Literatur, dem Film, also der Fantasie vorbehalten, den Frankensteins und den Terminators. Bis Dolly kam.

Dolly bezeichnet den Punkt des Umschlags, den Augenblick, in dem das, was bisher nur Horror-Fantasie, Frankenstein-Literatur gewesen war, herstellbar und damit Wirklichkeit wurde.

Kein Aufschrei der gebildeten Stände. Das Erschauern war nicht so eisig, wie es hätte sein müssen. Denn Dolly ist ja nicht einfach realisierte Science-Fiction, sondern die Eröffnung eines direkten Durchgangs zum größten Verbrechen der an Verbrechen nicht armen Menschheitsgeschichte, vielleicht zu ihrem zugleich letzten.

War die Wissenschaft je dazu fähig, über ihre unmittelbaren Erkenntnisse und deren technische Umsetzung hinaus an Konsequenzen zu denken? Wenn es Monate braucht, um ein ölspeiendes Bohrloch zu schliessen?

Einer der wenigen, die es getan haben, war kein Wissenschaftler, sondern ein Dichter, ein Polyhistor, dem die Naturwissenschaft immerfort Thema war. Der Dramatiker Friedrich Dürrenmatt machte in den «Physikern» den Konflikt zwischen den Entdeckern und ihren Entdeckungen, und erst recht der Verbreitung gefährlichen Wissens, zum Gegenstand einer kriminalistischen Komödie, besser: einer im Wortsinn mörderischen Groteske.

Drei Physiker, die sich als Irre ausgeben, sitzen in einer Irrenanstalt ein, um ihre schrecklichen Geheimnisse zu bewahren, einer Privatklinik, in der einzig und allein die Chefärztin verrückt ist, vom Wahn besessen, den Physikern ihre Geheimnisse abzunehmen und vom Rausch, sie in Profit umzusetzen.

«Unsere Wissenschaft ist schrecklich geworden», erklärt Möbius den beiden andern, die in Wirklichkeit keine Physiker, sondern Geheimdienstler sind, «unsere Forschung gefährlich, unsere Erkenntnis tödlich. Es gibt für uns Physiker nur noch die Kapitulation vor der Wirklichkeit. Sie ist uns nicht gewachsen. Sie geht an uns zugrunde. Wir müssen unser Wissen zurücknehmen … Wir sind wilde Tiere, man darf uns nicht auf die Menschheit loslassen.»

Nun war Dürrenmatt Realist genug, um zu erkennen, dass Wissen, einmal formuliert, sich nicht wegschließen lässt. Fräulein Mathilde von Zahnd, die böse Ärztin, hat die Physiker längst ausspioniert und ist bereits daran, das Wissen zu Profit zu machen: «Ich werde das System aller möglichen Erfindungen auswerten, meine Herren.» Auf diese schwarze Drohung zielt der berühmteste Satz der «Physiker»: «Was einmal gedacht wurde, lässt sich nicht mehr zurücknehmen.»

Dürrenmatts Physiker Möbius, ein Wissenschaftler, der Wissen verheimlicht, bleibt Theater, ist Fantasie eines Autors, der die Beteiligung von Physikern wie Hahn, Oppenheimer und Teller am Bau der Atom- und Wasserstoffbombe vor Augen hatte. Wir aber, ein halbes Jahrhundert älter und ein geklontes Schaf vor Augen, müssen annehmen, dass Wissenschaftler, so stammhirngesteuert wie der primitivste umbrische Jäger, ebenso unbedingt auf ihr Ziel fixiert sind wie dieser. Ich bin Jäger – du bist Beute – patsch. Das gehört übrigens, auch wenn mal eine Frau am Drücker ist, zu den Ingredienzen der Männerwelt, und kein Feminismus kommt gegen die Zielwut des Ebers an.

Das betrifft nicht nur die Atom- und die Wasserstoffbombe, es betrifft das Auto und seinen Henry Ford ebenso wie das Handy und sein Nokia. Edison hat mit der Erfindung des Grammofons das Erlebnis der Live-Musik überflüssig gemacht (allerdings, allen Raffinessen der Reproduktionstechnik zum Trotz, ist Musik, anders als unmittelbar ausgeübt, streng genommen keine). Die sogenannten Fortschritte der Intensivmedizin geben manchen jüngeren Patienten mehr Zeit zum Leben – und bescheren älteren und alten einen bitteren, harten Tod, indem sie die Würde und die Natürlichkeit des Sterbens ins Nichtverreckendürfen verschleppen. Die Ärzte, selbstverständlich, waschen ihre Hände in Unschuld, einer Seife, die nach Ethos riecht: sie seien nicht zum Sterbenlassen da, sondern zur Überlebenshilfe verpflichtet.

Das Resultat ungehemmter Nutzung des Planeten ist sichtbar: der Klimawandel, der höchst wahrscheinlich der letzte Wandel sein wird. Das Resultat der Unfähigkeit, über eine Erfindung hinaus an ihre Folgen zu denken, ist sichtbar und meteorologischer Alltag geworden. Was die genmanipulierte Landwirtschaft am Ende gebracht oder aber angerichtet haben wird, wissen wir erst in zwanzig oder mehr Jahren – so wie die vorangegangene Überdüngung der Felder mit Phosphaten auch erst ans Licht kam, als die Produktivität nachließ und die Seen tot waren. Die Geschichte der angewandten Wissenschaft ist reich an solchen Beispielen.

Dolly war nur ein Schaf, selbst vielleicht harmlos, aber es war das erste öffentliche Zeichen dafür, dass nun bald auch der Mensch geklont werden dürfte.

(Man glaube in diesem Zusammenhang keinem Verbot und keiner Information über seine Beachtung, nur dem Verstand, der sagt: es ist schon geschehen. Wir werden von Wissenschaftlern genau so belogen wie von Politikern, nur aus anderem Grund. Diese tun es, weil die Wahrheit über ihre Unfähigkeit dem Bürger nicht zumutbar ist, jene jedoch wollen ihr eigenes ungehindertes Fortkommen, das sie «Forschungsfreiheit» nennen, sichern.)

Vielleicht lebt er schon, in einem Labor oder seinem einem grünen Campus ähnlichen Vorgarten, der Homunculus, vielleicht als ein aus einer Stammzelle seines wissenschaftlichen «Vaters» heraufgepäppeltes Double, und wie dieser trägt er schon einen weißen Mantel, nicht mehr zu unterscheiden von den Weißkitteln um ihn herum.

Es sind nicht die verdoppelten Millionäre, Disney im Tiefkühlschrank, die nach ihrem Tod gern ein zweites Mal leben würden, die wir zu fürchten hätten – das ist lächerlich, Stoff für die Seifenoper und so harmlos, wie Dolly-das-Schaf aussehen sollte. Es sind die Macher und Herrscher selbst, die, die am Drücker sind, die sich vervielfältigen werden. Es wird sie nun zum ersten Mal wirklich geben, die Übermenschen, und damit uns Untermenschen, ungeklontes und unkontrolliert gezeugtes Pack, Fickkinder, oder wie immer man sie nennen wird.

Leicht vorzustellen ist, was mit uns, dem «Menschenmaterial», dann geschieht. Die Gesetze der Evolution überschreitend, von keinem Darwin auszudenken, wird das eine Revolution sein, welche jene drei Ideale der Freiheit, der Gleichheit und der Brüderlichkeit in ihr Gegenteil verkehrt: Knechtschaft, Ungleichheit und Herrschaft der Oberen. Wir alle, die wir nicht oben dabei sind, marschieren jetzt schon den Steinbrüchen zu wie in Ransmayers «Morbus Kithara».

Leicht, sich einen Kinofilm darüber auszudenken. Einen, in dem ein Schaf, das überlebt hat, die Geschichte des Untergangs erzählt. Vielleicht heißt er nach ihm, dem ersten Klon: «Dolly's Nightmare».

Vauxhall. Britische Wissenschaftler haben einen Roboter entwickelt, der Nacktschnecken vertilgt und seine Antriebsenergie dabei aus den kompostierten Tieren bezieht. Das Vehikel, mit einem GPS-Empfänger ausgerüstet, gleicht einem Spielzeugauto und spürt die Mollusken mit Hilfe eines optischen Sensors auf. Ein 1,8 Meter langer Greifarm kann pro Minute zehn Tiere packen und in einen Fülltrichter heben. Im Feldversuch soll der Robocop von einer Basisstation aus operieren, wo die Beutetiere in einer Fermentationskammer in Biogas und elektrische Energie zur Ladung seiner Batterien umgewandelt werden. Praktische Anwendung könne das autonome

System in großen Salatbeeten und Feldern für Winterweizen finden, die von bis zu 200 Schnecken pro Quadratmeter befallen sein können.

–

Tierschutz: Es ist seit langem immer das Tier, das vor dem Menschen geschützt werden muss. Vor dem Tier brauchen wir uns nicht mehr zu schützen. Merkwürdig. Als wäre der Mensch die Bestie geworden. Aber was heißt «als wäre»! Dabei sagt man den Kindern, dass Menschen von Löwen gefressen würden. Wir behaupten eben gern, das Tier sei das «Wilde», und der Mensch das Kulturierte.

Der Mensch verfolgt das Tier, weil es ein Tier ist, nämlich: das Kulturierte erträgt das Wilde nicht. Heuchelei der Wildenverehrung! Nicht zufällig galten die Eingeborenen ferner Gegenden lange als Tiere. Und wurden dann mit den Tieren zusammen im Zoo und im Zirkus gezeigt.

Wie merkwürdig eigentlich, dass der Tierschutz die Nackten vor den Bekleideten schützen muss …

Und wie merkwürdig, dass es keinen Tierschutz bräuchte ohne den Missbrauch, und dass der Missbrauch geläufiger ist als der Schutz. Der Tierschutz rettet immer nur eine kleine Zahl von Exemplaren. Der Missbrauch ist also das Übliche, der Schutz jedoch die Ausnahme.

–

Hebel träumt manchmal von Tieren. Eine Art Ratte, oder ist es ein Marder?, vergräbt sich in seiner Hand. Er gibt dem Felltier Schutz; das Felltier beißt ihn mit spitzen Zähnchen. Das tut weh.

Er träumt eigentlich weniger die Tiere selbst als ihr Fell; das Fell eines Kamels, wobei ihm das Zottige einfällt, das er greifen kann im Traum, und die Farbe afrikanischer Sand, Farbe wie sein Café Crème am Morgen, Farbe einer Sehnsucht. Keine besonders auffallende Farbe.

Einmal war er, der Gruppen hasst, mit einer kleinen Gruppe auf einer Reise durch Ostafrika im Ngorongoro gewesen. Er sagt später: Ich bin bei den Tieren gewesen, und ich habe das Paradies gesehen. Er wundert sich darüber, dass er sich dabei nicht schämt. Beim Wegfahren, als er sich abwandte, die Gruppe wartete schon, hatte er gemerkt, dass er weinte.

Er hatte die wartende Gruppe dann mit einem guten Spaß sofort getröstet.

–

Hätte man nur mehr Einfluss, wütet Hebel. Oder, noch besser: wäre Diktator. Weltdiktator!

Natürlich: Sofort gerechte Verteilung der Güter, weltweit. Niemand mehr muss aus materiellen Gründen seinen angestammten Ort verlassen, die Familie, den Stamm. Und natürlich: Totaler Schutz der Umwelt. Der Natur darf nicht mehr weggenommen werden, als man ihr zuführt. Und: Rückentwicklung der Belastungen auf den Stand von 1920, und: fortschrittliche Technologien zur Erreichung dieses Ziels. Das versteht sich. Ist doch selbstverständlich, inklusive eines totalen Flugverbots (Diktatorialer Erlass über die Abschaffung des Flugverkehrs, DEAF). Auch Hilfs- und Helikopterflüge gibt es nicht mehr: Unfall und plötzliche schwere Erkrankung haben wieder die Würde von Schicksal.

Aber sowohl der Teufel wie die Errettung sitzen im Detail. Also: Es würde eine Menge Verordnungen hageln. Nur noch drei Sorten von Autos: Last-, Taxi- und Kleinwagen, von einer Firma (staatlich) überall auf der Welt dezentral hergestellt! Elektroantrieb aus der Gewinnung von Sonnenenergie! Eine Möbelfabrik (nicht Ikea)! Die Entwürfe von einem Gremium überwacht, das vom Weltdiktator eingesetzt wird. Keine Handys mehr. Telefon überhaupt abgeschafft, Fax und E-Mail erlaubt, Briefpost schnell, zuverlässig und gebührenfrei. Auf Lärm steht Bestrafung durch intensive Belärmung. Zum Lärm zählt Musik im öffentlichen Raum, jede; Ausnahme: Streich- und Blasmusikkonzerte am Sonntagmorgen in dafür vorgesehenen Pavillons. Mitführen von Getränkeflaschen in der Öffentlichkeit verboten. Für ungeordnetes Essen oder Trinken in Zügen und in der Straßenbahn gibt es Transportverbot analog zum Führerscheinentzug bei Fahren in betrunkenem Zustand, ohne Anhörung der Person. Dafür: Alle Züge mit Speisewagen. Bar-Trams. Stewardess im Postauto. Jede denkbare Mühe wird auf eine unendliche Diversität von sauberen Weiß- und Rotweinen verwendet. Dafür nur ein Mineralwasser, hergestellt aus Trinkwasser mit Kohlensäure. (Stille Wasser in Kurgärten erlaubt.) Einpersonen-Kinos. Förderung des Schiffbaus. Förderung des Rundfunks, Verbot des Fernsehens. Haarfärben bewilligungspflichtig (Kommission; vgl. oben). Bücher mit großen Auflagen werden zurückgerufen. Dostojewski nur gegen Rezept (siehe oben). Kaugummi verboten. Versöhnlicher Humor verboten, lustige Literatur nur von ausgewiesenen Melancholikern erlaubt. Mailand wird abgebrochen, Rom außerhalb der alten Mure Aureliane geschleift und durch eine moderne Gartenstadt im Gürtel Fregene-Ostia-Fiumicino, der umgegraben wird, ersetzt; das Gelände des aufgelassenen Flughafens Leonardo da Vinci wird Parco Metropolitano Leonardo.

Geruch von warmer Milch verboten. Das Wort «zwischenzeitlich» verboten. Blumenkohl an weißer Sauce verboten.

Und so weiter.

In den Warenhäusern, die pro Verwendungszweck nur noch einen Artikel haben, und diesen höchstens in den Grössen klein, mittel und groß (gilt auch für Damenschuhe): keine Musik-Berieselung mehr. Statt Muzak Tiergeräusche. Fischeflüstern und der Ruf des Blauwals im Untergeschoss, Stimmen der Säugetiere im ersten und zweiten Stockwerk. Vögel im Obergeschoss.

Le Havre. Wie erst jetzt bekannt wird, hat gestern Abend auf der Reede von Le Havre eine kleine Gruppe von Terroristen den Luxusliner «Elizabeth 2», das größte Passagierschiff der Welt, in ihre Gewalt gebracht. Es besteht offenbar keine Verbindung zu den Kräften des militanten Islam. Die Eindringlinge kaperten das Schiff, das von den Passagieren verlassen und im Begriffe war, aufgetankt und verproviantiert zu werden, indem sie den Kapitän der «Elizabeth 2» als Geisel nahmen und dieser der Mannschaft befehlen musste, von Bord zu gehen, mit wenigen Ausnahmen, Männern, die für das Navigieren des Riesenschiffes unentbehrlich sind.

Der Zweck des Unternehmens scheint konfus. Der selbsternannte neue Kapitän, dem Vernehmen nach ist es ein Tierarzt, spricht von einer «Aktion Noah».

Der Kapitän droht, das Schiff zu versenken, wenn seine Fahrt behindert werden sollte. Er habe im Sinn, so sein Communiqué, verschiedene Häfen im Mittelmeerraum und danach auch in Übersee anzulaufen, um, wie das Communiqué ausführt, «die Bestände einiger Zoologischer Gärten und möglichst viele frei lebende Tiere» an Bord zu nehmen. Das größte Passagierschiff der Welt mit seinen über tausend Kabinen sei dafür außerordentlich gut geeignet.

Daraufhin soll das Schiff so lange wie möglich auf hoher See bleiben, vielleicht jahrelang. Es sei nicht eine Sintflut, auf die er warte, sagt der Kapitän, diese Hoffnung habe er aufgegeben. Er warte, bis einige Politiker, Terroristen und Wirtschaftskriminelle, die er namentlich aufzählt, nicht mehr in ihren Ämtern seien. Er fordert, für eine eventuelle Landung und Ausschiffung der Tiere, die an Bord der «Elizabeth 2» sind, nichts weniger, als dass man ihm ein großes Land mit Meeresanstoß von Menschen freimache und zur Verfügung stelle. Er wolle dort eine Republik der Tiere einrichten.

Die französische und die britische Marine haben Streitkräfte im Kanal zusammengezogen.

–

Dass Noah die Arche nicht den Tieren allein überließ, erschien Hebel unverzeihlich. Er war es doch gewesen, der die Voraussicht gehabt hatte, die Ahnung von Gottes Willen, die Menschheit zu ersäufen! Er hatte das Strafgericht über den Menschen vorausgesehen. Für die Tiere baute er die Arche. Und dann? Der Schwächeanfall. Im letzten Augenblick: sein Zögern. Und anstatt das Boot mit einem kräftigen Stoß den Fluten zu übergeben, siegt seine Feigheit und er tut der Sprung hinüber an Bord. Und erst noch mit der ganzen Familie. Das war die wirkliche Katastrophe. Noah vereitelte die Rettung der Welt, indem er mit den Tieren auch den Menschen bewahrte.

–

Leere Halle im Jenseits. Graues Halblicht. Irgendwo eine Krähe. Irgendwo anders eine Zibetkatze.

ZIBETKATZE *(höflich):* Guten Tag, Herr Rab. Willkommen.
KRÄHE *(unwirsch):* Bin nicht Rab. Bin nur Krähe.
ZIBET *(unverändert):* Entschuldigen Sie. Aber eigentlich ist mir der Unterschied zwischen Ihnen nicht geläufig –
KRÄHE *(unverändert):* Zwischen mir ist kein Unterschied. Oder so: als Rabe wäre ich eine Krähe, als Krähe muss ich nicht auch noch Rabe sein.
ZIBET: Sie bleiben länger?
KRÄHE: Einen Augenblick lang.
ZIBET: Sie haben es besser.
KRÄHE: Ich habe einen Leichenzug herbegleitet. Gleich geht's zurück. Und Sie, bleiben Sie?
ZIBET: Muss.
KRÄHE: Tot?
ZIBET: Mehr noch: ausgestorben.
KRÄHE: Sie sind ausgestorben?
ZIBET: Meine Art ist grade dran. Ich gehöre zur Vorhut. Meine Verwandten sind auch bald da. Zibet … Zibetkatze. Danke.
KRÄHE *(zieht ein iPhone, gibt ein):* Zibetkatze. Hm. Felix zibet. «Felix» wie «glücklich», also glücklich wie Felix felix, die Hauskatze?
ZIBET: Unglücklich, mit Verlaub. Und wir gehören trotz dieses Namens nicht zu den Katzen. Das «felix» war ein Irrtum, wir sind eine eigene Gattung. Schauen Sie unter «Manguste» nach. Ein merkwürdiges Wort, ich weiß. Riecht irgendwie

fischig. Im übrigen wurden wir zoologisch-nomenklatorisch mehrfach umgebettet.

KRÄHE *(macht krummen Hals):* Familie Viverra?

ZIBET: Richtig, Sie sind im Bild. Ich bin Viverra Zibetha, wenn Sie gestatten, aus Guangdong. Sagen Sie Zibet zu mir. Bitte aber nicht Zibi.

KRÄHE: Sehr freundlich, Zibet. Gestatten Sie: ich Krähe aus Flandern. Familie Corax. Meine Frau, aus besserer Familie, gehört zu den Nebelkrähen, aber wir paaren uns selten. Bin zuviel unterwegs. Wir Normalkrähen sind quasi überall. Haben Geschwader auch nach China geschickt. Japan gehört uns.

ZIBET *(geziert):* Wir kommen vor allem im Tropengürtel vor. In China freilich auch etwas nördlicher.

KRÄHE (nicht sehr interessiert): Wie ist es bei Ihnen in China?

ZIBET: Mörderisch. Im Augenblick werden wir alle umgebracht.

KRÄHE *(höhnisch):* Als reaktionäre feine Pinkel? Wegen öffentlich geäusserter Parteikritik? Künstler?

ZIBET: Nein.

KRÄHE: Oder weil man Parfum aus Ihnen machen will?

ZIBET: Nicht mehr. Unser Sekret wird längst synthetisiert. $C_{17}H_{30}O$. Ein zyklisches Keton, chemisch gesprochen. Ohne Umweg über unsere Afterdrüse sofort Moschusduft. Sie entnahmen es mit einem Löffelchen, äußerst schmerzhaft, ganz abgesehen davon, dass der Chinese, nicht gerade ein Tierfreund, uns in Käfigen gehalten hat, die kleiner waren als wir selber. Unser Drüsensekret. Sie sagen, es stinke; aber sie nehmen es, sie drehen es um, und bei ihnen wird Parfum daraus. Oder das, was das Parfum haltbar macht, den Fixateur. Sie nennen es «Zibettinktur».

KRÄHE: Ihr seid für den Menschen brauchbar.

ZIBET: Wir haben das Parfum nicht erfunden. Von Haus aus stinken wir lieber. Wir schmieren das Sekret an die Büsche in unserem Revier und –
KRÄHE: Ihr seid brauchbar für den Menschen. Also gefährdet –
ZIBET: Darum geht es nicht, wenigstens im Augenblick. Ich erklär's Ihnen. Sie haben uns was angehängt.
KRÄHE: Die Menschen?
ZIBET: Die Chinesen. Sie haben eine Lungenkrankheit erfunden, haben sie Sars genannt und sind reihenweise daran gestorben. Dann haben sie nach Schuldigen gesucht. Ihr Blick ist auf uns gefallen. Sie sagen, wir hätten das Coronavirus an sie übertragen. Sie beschuldigen auch Vögel und Schweine. Man könnte auf den Gedanken kommen, dass sie damit von anderem ablenken. Denken Sie an den britischen Rinderwahnsinn. Sie wälzen mit Vorliebe alles auf uns ab, auf thailändische Hühner …
KRÄHE: … und chinesische Katzen.
ZIBET: Ein Zibet ist keine Katze, wie schon gesagt. Sehen Sie mich doch an.
(Die Krähe hält den Hals schief und schaut ins Halbdunkel.)
ZIBET: Zwar roter Pelz, doch schwarzweiße Gesichtsmaske, also eher Dachs. Zwar langer buschiger Schwanz, aber nachschleifend. Vier Beine, wie jedermann, aber sehr schöne Beine, sehr pelzig, sehr zibetisch.
KRÄHE: Übertreiben Sie nicht, Zibet. Was ist jetzt mit Ihrem Virus?
ZIBET: Eben nicht unserem Virus. Das ist eine Lüge, eine Menschenlüge. Nicht wir haben den Menschen, der Mensch hat uns infiziert: mit seinen Fäkalien und Speiseabfällen, die er zu Dünger gemacht hat. Wir heißen nicht Anopheles, wir sind keine Zecken. Mit dem Aids, das habe ich von unseren Verwandten am Kongo gehört, Viverra Civetta, soll es

ähnlich gegangen sein. Es ist in der Regel der Mensch, der dem Menschen das Virus anhängt, oder Mensch ist selbst schon die Krankheit, was weiß eine Zibetkatze letztlich schon über den Menschen …

KRÄHE: Sie schweifen ab!

ZIBET *(beleidigt):* Wir brauchen hier keine Tagesordnung, Herr Krähe, wir haben hier so viel Zeit, dass wir keine mehr haben.

KRÄHE: Was mich betrifft, ich muss weiter. Kommen Sie zur Sache!

ZIBET: Jetzt bringt man uns um. In Guangdong schon mindestens zehntausend. In ganz China sind mindestens vierzigtausend bedroht.

KRÄHE: Da es so viele Chinesen gibt, bringen sie auch immer viel um, Fräulein Zibet. Auch von den eigenen. Was machen Sie jetzt?

ZIBET: Was sollen wir tun?

(Eine Dronte watschelt vorbei und nickt; in der Ferne Geheul: ein Säbeltiger.)

KRÄHE: Ihr hättet euch nicht so nützlich machen sollen.

ZIBET *(seufzt):* Was wollen Sie, Krähe, es liegt in unserer Art. Wir können ja sogar Kaffee machen …

KRÄHE: Wie, bitte?

ZIBET *(angeregt):* Das wissen Sie nicht? Einer aus unserer Familie, er heißt Paradoxorus hermaphrodites, besucht die Kaffeeplantagen und nimmt sich die besten Beeren, nachts, natürlich; wir seien nachtaktiv, sagen die Menschen. Also: wir suchen uns die reifsten Beeren aus, essen sie – aber Achtung, Krähe: nur das Fruchtfleisch um den Kern herum verdauen wir, die Kaffeebohnen geben wir dem Pflanzer zurück, und zwar in schön ordentlichen Häufchen. Die braucht der dann nur noch einzusammeln. Spitzenqualität, erzielt durch unsere Kunst, nur die reifsten Früchte auszulesen.

Kopi Luwak, die Trade Mark, und damit erzielt der Pflanzer einen Preis von vierhundert Dollar pro Kilo.

KRÄHE *(beeindruckt):* Man müsste annehmen, dass ihr unter Schutz steht?

ZIBET: Zukunftsmusik, und wahrscheinlich zu spät. Es ist zuviel an uns, das den Menschen interessiert. Abgesehen vom Zibet. In Afrika müssen wir den Magiern helfen, und werden dabei zu Medizinstaub zerrieben. In China hält man unser Fleisch für eine Delikatesse. Wir schwimmen zusammen mit dem Hai, dem Tiger, Hunden und Schlangen im Suppentopf. Bei den Berbern ist das Fell unserer nordafrikanischen Verwandten, der Ginsterkatze, als Pelz beliebt.

KRÄHE: Bleibt der zoologische Garten.

ZIBET: Im Zoo gehen wir ein: an Heimweh.

KRÄHE *(nach einer Pause):* Ihr wolltet wohl immer etwas Besonderes sein.

ZIBET *(ziert sich):* Auch wir waren einmal gewöhnlich. Aber Sie wissen, unser Lebensraum, die Tropen –

KRÄHE: Ausreden! Eine Krähe ist etwas Gewöhnliches, eine Ratte, eine Taube, ein Esel, vielleicht auch die Katze. Aber das reicht Ihnen nicht. Zibetkatze!

ZIBET *(eifrig):* Wissen Sie, woher unser Name kommt. Zibet – vom arabischen zabad, oder sabad. Heißt «Schaum». Na, was sagen Sie jetzt?

KRÄHE: Schaumgeborene …! Kein Wunder, seid ihr am Aussterben. *(Ahmt die Zibetkatze nach.)* «Sabad, aus dem Arabischen!» Krähe kommt von Krähen, deutsch und deutlich, und schau da, wir vermehren uns. Auch der Rabe, eine Dünkelkrähe, mit der Sie mich verwechseln, danke für die Ehre, heißt einfach Corax, so wie er kräht, und es geht ihm gut. Wir hacken Augen aus und machen Krach. Wir kacken ihnen auf den Kopf. Wir lassen die Sau raus. Wir sind die Flegel der Lüfte. Und wir sind überall, naja, im Tropengürtel, Fräulein Zibet, vielleicht ein bisschen weniger. Der Mensch liebt uns nicht, und das bekommt uns. Man kann uns nicht braten, nicht melken, nicht einkochen … Wir sammeln keine Kaffeeböhnchen auf dem Felde, und wir ernähren uns doch.

ZIBET *(leise):* Wir haben uns nicht erfunden.

KRÄHE: Ich weiß, diese Scheißevolution …

ZIBET: Also hören Sie, Herr Rabe –

KRÄHE: Krähe –

ZIBET: Herr Krähe –

KRÄHE: Krähe allein genügt schon. Sie verstehen mich falsch, Zibet: Ich rede nicht von Pflanzen oder Tieren, wenn ich Scheißevolution sage. Entschuldigen Sie, ich muss langsam zurück.

(Die Krähe steckt das iPhone weg und ordnet die Flügel.)

Sie bleiben noch ein wenig?

ZIBET: Ewig.

Das graue Bühnenlicht ergießt sich in den leeren Zuschauerraum und füllt ihn aus, bis zuoberst in die hinterste Loge.

Rio de Janeiro. Die internationale Umweltorganisation Worldwide Fund for Nature hat vor einem Amphibiensterben großen Umfanges gewarnt. Selbst in geschützten Gebieten hätten die Tiere kaum eine Überlebenschance. Amphibien seien besonders gut geeignet, um den Grad der Umweltzerstörung zu messen, heißt es im neuen WWF-Jahresbericht. Ihr Sterben verdeutliche, dass die weltweiten Süßwasservorräte in Flüssen, Lagunen und Feuchtgebieten besonders stark geschädigt seien. Die meisten Lebewesen, die in diesen Ökosystemen zuhause seien – Fische, Reptilien, Vögel und in besonderem Maß Amphibien –, litten an einem Rückgang ihrer Bestände.

Jedes Jahr verschlechtert sich der Gesundheitszustand der Natur um ein Prozent, zwischen 1970 und 1995 aber um 30 Prozent, hat der WWF-Live-Planet-Index errechnet. In jenem Zeitraum wurden 10 Prozent der Wälder, 35 Prozent der Meerestierarten und 45 Prozent der in den Süßwassersystemen beheimateten Tiere vernichtet. Solche Zahlen zeigten, dass den Gewässern besondere Beachtung geschenkt werden müsse, betonte der WWF-Generalsekretär Claude Martin bei der Vorstellung des Berichts in Rio de Janeiro.

Der Ort für die Veröffentlichung der jüngsten WWF-Publikation sei bewusst gewählt worden, sagte der Leiter des brasilianischen WWF-Büros. Auf Brasilien konzentrierten sich 20 Prozent der weltweiten Süsswasservorräte und das weltgrößte Feuchtgebiet, das Pantanal von Mato Grosso im Zentrum des südamerikanischen Landes. Um die weltweite Umweltzerstörung aufzuhalten, empfiehlt der WWF, diese Schäden bei der Berechnung des Bruttoinlandproduktes zu berücksichtigen. Außerdem macht er sich für ein neues System von Preisen stark, das Maßnahmen zum Schutz der natürlichen Ressourcen belohnt und zerstörerische Aktivitäten bestraft.

Küsnacht. Im Schübelweiher bei Küsnacht (Kanton Zürich) hat sich die Population der als Allesfresser verpönten sowie als Träger der Krebspest verhassten Amerikanischen Sumpfkrebse offenbar entscheidend zurückgebildet. War im Jahr 1997 noch von einem Bestand von rund 9000 Tieren in dem kleinen Weiher die Rede gewesen, die sich möglicherweise in die ganze Umgebung verbreiten und die einheimischen Krebsarten ausrotten würden, so scheinen sich heute nur noch 1000 Rote Amerikaner im Weiher aufzuhalten.

Die Eidgenössische Anstalt für Wasserversorgung, Abwasserreinigung und Gewässerschutz (Eawag) war damals eingeschaltet worden, nachdem ein mit allen politischen Mitteln ausgefochtener Streit zwischen der kantonalen Fischerei- und Jagdverwaltung, die dem Roten Amerikaner mit massivem Einsatz des Pestizids Fundifenthion zu Leibe rücken wollte, und Anwohnern, die sich diesen Gifteinsatz verbaten, eskaliert war. Die Eawag empfahl damals, die Sumpfkrebse mit quasi sanften Mitteln, nämlich mit Reusen und dem Einsatz von speziellen Raubfischen, zu dezimieren.

In dem jüngsten Bericht der Eawag zur Lage im Schübelweiher heißt es nun, dass die Reduktion der Sumpfkrebspopulation allen Indizien nach dem Einsatz der Raubfische zu verdanken ist, die 1999 im Weiher ausgesetzt wurden. Ins Wasser gelassen wurden damals rund 70 Hechte sowie 550 Aale. Vor allem letztere scheinen laut Eawag die jungen Krebse als Delikatesse zu betrachten. Auf Grund des auf tiefem Niveau stabilisierten Bestandes an Sumpfkrebsen krebst auch das Bundesamt zurück und empfiehlt, im Schübelweiher nur noch alle zwei Jahre Erhebungen durchzuführen. Bei Bedarf sei der Besatz mit Aalen zu wiederholen.

–

Immer wieder die Bilder gestrandeter Wale, die Flossen schwarz in die Höhe gereckt, dieses blau-türkis schimmernde Leichenfeld, Schlachtfeld. Sand, und Helfer zwischen den Tieren, mit Wasserkübeln unterwegs, um die Tiere feucht zu halten. Manchmal ein Wal mit Tüchern abgedeckt. Dann immer diese Vermutung: sie hätten die Orientierung verloren, durch Schiffe, durch deren Sonar oder eine andere Störung verwirrt. Vermutungen, wie gesagt. Wale, Delfine begehen keinen Suizid …

Das Nichtwissen, die menschliche Verlegenheit. Die Schande angesichts des Tier-Schicksals; dunkel geahnte Schuld.

Wer nichts weiß, kann auch nicht vorbeugen. Es wird also wieder geschehen.

–

Nach dem Scheitern der Weltklimakonferenz in Kopenhagen stellt sich Hebel die Frage, ob nicht bürgerlicher Ungehorsam, in Einheit mit tätlicher Verfolgung aller in Dänemark versammelten Politiker, das Gebot der Stunde sei. Der Vertreter Saudiarabiens, der die Tatsache der Klimawandels neuerdings in Frage gestellt und für den Fall, dass Maßnahmen getroffen würden, die den Ölexport seines Landes reduzieren würden, Ersatzzahlungen von den andern Ländern gefordert hat, wird eingesperrt. Die deutsche Bundeskanzlerin, die gesagt hat, man dürfe «Kopenhagen nicht kleinreden», wird bis zum Erreichen des Pensionsalters in Schutzhaft genommen. Die Chinesen haben sich quergelegt; nun wird der Konsum chinesischer Produkte überall außerhalb von China verboten, der Waren- und Technologietransfer nach China eingestellt. Präsident Obama ist schon aus freien Stücken zurückgetreten; sein Amt, das in zu hohem Masse mit Amerikas Wirtschaftsinteressen verknüpft sei, siehe BP im Golf von Mexiko, lasse sich nicht mehr mit seinen Überzeugungen vereinbaren. Alle Umweltministerien werden geschlossen und im Sinne einer Strafverfolgungsbehörde dem jeweiligen Justizministerium eingegliedert. In Italien gibt es lebenslänglich für alle Bürger, die sich nicht nachweislich gegen die Erderwärmung eingesetzt haben, also für alle; Italien wird eingezäunt und zum Unkulturwelterbe erklärt.

«On a oublié d'inviter la Terre à la conférence sur le climat», sagte der Philosoph Michel Serres, man habe den wichtigsten Partner nicht nach Kopenhagen eingeladen, nämlich «die Luft, das Feuer, das Wasser und die Lebewesen». Michel Serres wird zu den wenigen Verschonten gehören. Diese Wenigen werden vor dem Untergang Refugium auf einer in moderatem Klima gelegenen Insel erhalten; sie wird nach Serres' Terminus «Biogée» genannt werden, «pour dire en un seul mot la vie et la Terre», ein Terminus, der mit einem Wort das Leben und die Erde umschließen soll.

Denn dies ist der letzte Beschluss der Weltgesundheitsorganisation, die damit zugleich abgeschafft wird: der Mensch schließt sich wegen seiner manifesten Unfähigkeit, für sich Verantwortung zu übernehmen, aus dem Kreis der intelligenten Lebewesen aus. Ganz allgemein übernehmen nun die Tiere das Gesetz des Handelns. Alle zoologischen Gärten werden sofort geschlossen, das heißt geöffnet. Der motorisierte Verkehr wird eingestellt. Die Städte dürfen nicht mehr erneuert werden.

Der Sicherheitsrat der UNA (United Nations of Animals) verbietet jede Art von Kleidung und Ausrüstung, bei deren Anfertigung tierische Produkte verwendet werden – Haar, Wolle, Seide, Leder, Horn, Federn (Daunen), Darm, Knochen etc. Das Befahren der Meere wird eingeschränkt. Die Fliegerei eingestellt. Der Verzehr von Tieren wird den Menschen verboten. Menschenrudel werden in Arbeitseinheiten zusammengefasst und zum Aufforsten des Regenwaldes eingesetzt. Andere Détachements brechen die Straßen ab. Andere wiederum schrauben Eisenbahnanlagen und Industriekomplexe auseinander. Alle Wissenschaften sind verboten; Kunst wird unter Strafe gestellt. Es wird den Menschen dringend geraten, sich kleine Selbstversorgergärten anzulegen.

Ganz allgemein lehnen die Tiere die Verantwortung für den Menschen ab. Der Mensch sei erwiesenermaßen kein vernunftbegabtes Wesen, heißt es. Unter Schutz steht er nur in den neu geschaffenen Homologischen Gärten, hinter Gittern. Die Tiere richten in den zusammenbrechenden Städten Zootope ein. Die Ruinen sind für Menschen gesperrt, den Menschen wird als unbefristetes Provisorium der Aufenthalt in den Wäldern gestattet. Der Sicherheitsrat der UNA berät und genehmigt ohne bindenden Beschluss eine Richtlinie, wonach nicht mehr als eine je nach Fanggebiet verschieden bemessene Quote von Menschen erlegt werden darf. Aus diesen darf konservierte Tiernahrung hergestellt werden, sofern genaue Hygienevorschriften beachtet werden; Gehirn und Herz dürfen nicht verwendet werden.

Inzwischen hat sich der Planet schneller abgekühlt und rascher renaturiert als die Wissenschaft der Menschen vorausgesehen hatte. Die Tiere beginnen zu leben, als ob es den Menschen nie gegeben hätte. Die roten Flächen auf den Landkarten, welche die Gefährdung der Art Homo ludens bezeichnen, nehmen zu. Nun entsteht eine Debatte, ob es für die Tierwelt tragbar sei, oder eher wünschenswert, wenn der Mensch aussterbe. Die verschiedenen Tierarten sind darüber uneins. In Europa sind nur noch wenige Menschenrudel bekannt.

Versuchsweise werden in der Oberrheinischen Tiefebene Menschenpaare ausgesetzt. Doch es klappt etwas nicht mehr mit der Begattung. Die Reproduktionsdichte wird nicht mehr erreicht, der Versuch verläuft erfolglos. Der Mensch muss nun als verschwunden gelten. Der Planet ist, wenn auch nur knapp, seiner schwersten Katastrophe entronnen.

–

Hebel schickt Anderberg seinen Dialog des Zibet mit der Krähe. Anderberg antwortet prompt. Er habe ja nichts zu tun, nachdem die Redaktionen und Rundfunkleute ihm seine Texte ungeprüft zurückschickten. «Sie senden mir ihr Schweigen», schreibt er an Hebel, «sie haben ihren Arbeitsplatz schon und müssen nun nichts mehr tun.» Er schickt Hebel einen eigenen Versuch.

ICKS UND ÜPSILON –

Zwei Menschen:
X: Es tierelt hier … Spüren Sie es?
Y: Tierelt?
X: Seit Tiergedenken hat es hier nicht mehr so getierelt.
Y: Nichts Tierisches sollte uns fremd sein.
Y: Schon. Aber die Zeiten ändern sich, und die Tiere mit ihnen …
X: Wie wahr. Auch die Tiere werden nur noch kleiner. Wo sind sie geblieben, die großen Tiere?

Y: Sie meinen: In der Politik? Im sogenannten Geistesleben?
X: Seit Kafka, Musil, Roth … Oder denken Sie an Freud, an die Giehse. Willy Brandt. De Gaulle.
Y: Echtes Großwild. Auerochsen, ausgestorben.
Y: Jetzt nur noch Bodennahes, Kleinwüchsiges, Mopsgeblähtes.
X: Wohnen wir halt wieder mal den letzten Tagen der Tierheit bei …
Y: Tierlich-allzutierlich.
X: Tier, werde wesentlich?
Y: Vergeblich. Man muss man ja ernsthaft annehmen, der Mensch sei das Tier ohne Verstand.
X: Tierkenner?
Y: Zeitgenosse.
X: Tierwerdung des Tieres. Sie sehen überall die Tierwürde verschwinden. Nur noch Menschenpack, sagte kürzlich ein Tierfreund.
Y: Na ja, Tieren ist tierlich. *(Pause, schnüffelt)* Sie haben recht, es tierelt hier.
X: Tierisch! *(Ab)*

Zwei Tiere:
Y: In welchem Menschenkreiszeichen sind Sie geboren?
X: Kentaur. Und Sie?
Y: Nixe.
X: Oha. Immer nur schwimmen –
Y: Trampel, Sie. Mit Ihrer astrologischen Doppelnatur: Sind Sie ein Menschenfreund?
X: Schon. Immer öfter gehe ich zu den Menschen. Ich weiß nicht warum, sie faszinieren mich. Seit einigen Jahren leiste ich mir ein Jahresabonnement für den Homoludensischen Garten. Man steht der Kreatur dort irgendwie anders gegenüber. Kann sie von Nahem studieren. Manchmal, vor

einem solchen Gehege, wenn ich lange da stehe, naja, ich fühle mich dann fast schon verwandt.

Y: Da stehen Sie dann wohl auf ihren vier Beinen, glotzen, eine Tüte Menschenfutter in der Hand …

X: Füttern verboten.

Y: Sie studieren die Menschenbeschreibung am Zaun, die Verbreitungsgebiete, schwarze, gelbe, weiße, rote Zonen?

X: Nur noch rote Zonen. Die sind vom Aussterben bedroht.

Y: Glauben Sie? Ich glaub's nicht. Die sind zäh. Zäher als wir. Sind Sie schon Mitglied in einem Menschenschutzverein geworden?

X: Habe nichts übrig für Vereine, spende aber für die Liga gegen Menschenversuche. Die Fotos aus unseren Labors haben mich erschüttert. Besonders das von jenem Mensch, der, ich weiß nicht, zum Studium der Schmerzempfindlichkeit?, auf ein Kreuz genagelt worden ist. Habe übrigens auch ein Patenmensch in Indien und eines in Afrika. Wenn ich an all die armen Kreaturen denke, die man, wenn man in die Ferien fährt, irgendwo an einen Laternenpfahl bindet, als hätten solche Menschchen nicht auch eine Seele. Einerseits. Andrerseits die Vorstellung, so ein Wesen, das einem doch auch ans Herz gewachsen sein kann, in ein Menschenheim zu geben … Manchmal ist so ein Mensch ja anhänglicher als ein Tier.

Y *(räuspert sich):* Ich muss zugeben, als Kentaur spüre ich manchmal das Mensch in mir. Dieses Mensch schreit nach Blut, wenn Sie wissen, was ich meine. Das ist das Raubmensch in mir.

X: Echt?

Y: Das Mensch in uns ist stärker, als ein Tier sich das vorstellen kann.

X: Machen Sie's wie ich. Lassen Sie ihn hie und da los, diesen Menschen in Ihnen. Danach können Sie immer noch daran arbeiten, etwas tierischer zu werden. Echte Tierischkeit schließt auch ein Quäntchen Mensch mit ein.

Y: Das glauben Sie wirklich: das Mensch im Tier lasse sich nie ganz leugnen?

X: Leugnen niemals ganz. Aber vielleicht überwinden, zumindest kontrollieren. Domestizieren, zähmen … Mit ihm leben lernen.

Y: Tier! Mann! Sie wissen nicht, wie schwierig das ist …

X: Versuchen Sie es mit Selbsterkenntnis im anderen, im Menschen! Lesen Sie in «Brehms Menschenleben». Nehmen Sie die alte Ausgabe, die, in der die Menschen noch in ihrer natürlichen Umgebung dargestellt sind, Farbtafeln, Sie werden staunen.

Y *(hört nicht zu):* War kürzlich beim Psychologen.

X: Und?

Y: Er fand mich krank.

X: Und?

Y: Empfahl mir, ein Menschchen anzuschaffen: etwas Lebendiges, um das ich mich kümmern müsste.

X: Und?

Y: Ich will aber kein Mensch in der Wohnung. Auf jeden Fall kein Männchen. Schon der Geruch. Diese unbehaarten Viecher, ihre nackten Ärsche. Man sieht das Loch, wo alles herauskommt … Es ist einfach unhygienisch. Das Gewinsel Nacht für Nacht.

X: Dann müssen Sie ein Weibchen nehmen …

Y: Noch unerträglicher als Gekläff ist Anhänglichkeit. Überhaupt, mit einem unbehaarten Kerl unter dem gleichen Dach, am Tisch, im gleichen Bett! Dann noch lieber einen Liliputaner. Ein Liliputaner schaut Sie wenigstens treuherzig an und sagt nie ein Wort. Schläft unter dem Küchentisch.

X: Sie sind kein einfacher Charakter.

Y: Immerhin darf ich von mir sagen, dass ich immer ein anständiges Tier gewesen bin.
X: Das können nicht viele von sich behaupten. Bemerken Sie im übrigen: diesen Satz kann man nicht umkehren.
Y: Hm?
X: Man kann nicht sagen, dass einer «ein anständiger Mensch» gewesen sei.

Zwei:
X: Es tierelt schon wieder … spüren Sie es?
Y: –.
X: Kommen Sie ruhig näher. Ich tu Ihnen nix.
Y: –.
X: Jetzt kommen Sie schon!
Y: –.
X: So, brav, brav. So ist's schon besser.
Y: –.
X: Aber die Pfote da, die gehört auf den Boden. Platz!
Y: –.
X: Ja, brav. Legen Sie sich ruhig hin.
Y: –.
X: Haben Sie Hunger?
Y: –.
X: Heißt das bei Ihnen nicht «Hunger»?
Y: –.
X: Verstehen Sie nicht, was «Hunger» heißt?
Y: –.
X: Warum schauen Sie so, was soll das heißen?
Y: *(hechelt)*
X: Sag ich's doch, Hunger. Es ist leider nichts mehr da als dieses alte Brot.
Y: *(hechelt)*
X: Da!

Y: *(hechelt)*
X: Nimmst es nicht?
Y: *(hechelt)*
X: Undankbarer Kerl, du.
Y: *(hechelt)*
X: *(hechelt)*
Y *(bellt):* Sie sind auch ganz schön auf'n Mensch gekommen!
X: –?

«Wieder schlugen sie Buffon auf, und ihre Begeisterung über die seltsamen Neigungen vieler Tiere war grenzenlos.

Doch nichts geht über eine persönliche Beobachtung, und so gingen sie auf die Höfe, fragten die Bauern, ob sie noch nie gesehen hätten, wie Stiere sich mit Stuten paarten.

‹Nie im Leben.›

Die Fragen wurden für Herren ihres Alters als merkwürdig empfunden.

Sie wollten anomale Paarungen versuchen.

Die einfachste ist die zwischen Ziegenbock und Schaf. Da ihr Pächter keinen Bock hatte, mussten sie einen von der Nachbarin ausleihen. Als die Zeit der Brunst kam, sperrten sie die beiden Tiere in die Kelter, und damit das Ereignis in aller Ruhe vor sich gehen konnte, versteckten sie sich hinter Fässern.

Die Tiere fraßen erst ein wenig Heu, dann käuten sie wieder; das Schaf legte sich und blökte in einem fort, während der Bock mit dem langen Bart und den hängenden Ohren seine in der Dunkelheit leuchtenden Augen auf sie richtete. Am Abend des dritten Tages hielten sie es für geraten, der Natur nachzuhelfen; aber der Bock wandte sich gegen Pécuchet und versetzte ihm einen Stoß gegen den Unterleib. Ängstlich lief das Schaf in dem Kelterhaus hin und her wie in einer Manege. Bouvard rannte hintendrein, warf sich auf das Tier, um es festzuhalten, fiel auf die Erde und hatte nur ausgerissene Wolle in den Händen.

Sie machten Versuche mit Hühnern und einem Enterich, mit einer Dogge und einer Sau und hofften jedesmal, dass ein Ungeheuer zu Welt käme; der Begriff der Art war ihnen völlig fremd.» Gustave Flaubert

–

Es gibt Orte mitten im Land hinter hohen Bergen verborgen, da kämpfen Kühe gegeneinander. Jeder weiß das. Aber Koordinaten und Zeit dieser Treffen werden nicht veröffentlicht. Die Teilnehmer mit ihren Kampfkühen erkennen das Datum an einem Sonnenstrahl, der an einem bestimmten Tag des Jahres über eine Berglücke kommt. Am nächsten Morgen ziehen sie los.

Die Kühe sind klein, langgestreckt und äußerst beweglich. Da sie den Weg zum Kampfplatz zu Fuß zurücklegen müssen, bricht man noch in der Dunkelheit auf. Unterwegs werden ihnen die Vorderbeine immer wieder mit Honig eingerieben.

Der Kampfplatz ist eine am Rand tellerförmig ansteigende Wiese, deren Mitte mit der Sense rasiert wird. Die sogenannte Matte ist rings von hohen Felswänden umgeben. Ein Hohlweg führt auf die Matte. Am Eingang zum Kampfplatz werden die Kuhführer aufgrund ihrer Lokalsprache, die für Ortsfremde nicht nachzuahmen ist, identifiziert. Fremde, die es bis hier herauf geschafft haben und nun unweigerlich an der Dialektkontrolle scheitern, werden von Hilfskräften unter Verwünschungen ins Tal zurück begleitet. Wer nicht zu den Einheimischen gehört, lebt vom Hörensagen und von dem Zeugnis einiger Kletterer, die die Kuhkämpfe aus schwindelnder Höhe, von Flühen und Felsnasen aus beobachtet haben.

Der erste Kampf geht los, wenn alle Kuhführer sich einmal die Hand geschüttelt und gegenseitig auf die Schulter gehauen haben. Danach tätschelt jeder Führer die Flanke seiner Kuh und krault sie zwischen den Hörnern. Die Kuh reißt mit den Vorderhufen das Gras auf. Sie senkt die Hörner, der Mann stellt sich zwischen sie hin. Es sind nur Männer zugelassen, die eine überaus innige Beziehung zu ihrem Tier haben. Der Mann steht für die Kuh, und umgekehrt.

Das Reglement verlangt, dass die Kühe schon einmal gekalbt haben oder zumindest trächtig sind. Damit wird sichergestellt, dass nur Mütter in den Ring kommen.

Die Männer, oft in Begleitung stämmiger Söhne, sitzen am Rand und sehen zu, wie die Mutterkühe gegeneinander antreten. Manch einer springt auf, will in den Ring, will seinem Tier beistehen, wird aber von den sogenannten Rabatteuren, den Platzordnern, daran gehindert. Die Tiere senken das schwere Haupt und gehen aufeinander los, ohne einen Ton von sich zu geben. Man hört nur das schwere Schnaufen der Kühe und das gepresste Atmen der Kuhführer. Die Euter schwanken in der wogenden Schlacht.

Die Kuh weiß: Wenn sie kämpft, kämpft sie für ihren Mann. Der Mann soll es besser haben als sie, die kämpfen muss. Das gibt den Auseinandersetzungen zwischen den

Kühen etwas Verbissenes; keine kann nachgeben, manchmal geht die eine oder andere in die Knie, stürzt mit ihrer ganzen Masse ins Gras. Ein tiefer Ernst verbreitet sich über die Matte. Eine muss nach einer langen Weile doch nachgeben. Die besiegte Kuh schleicht sich geduckt zu ihrem Kuhführer und wirft sich vor ihm auf den Boden. Die siegreiche Kuh kriegt einen Nasenstüber, mit dem sie bis zum nächsten Kampf auskommen muss. Ein Gang folgt auf den anderen. Im Verlauf einer kontinuierlichen Ausscheidung, die den ganzen Tag über andauert, bleiben, wenn die Sonne hinter den Firnen verschwunden ist, die sechs stärksten Kühe übrig. Nun muss eine Siegerin gekürt werden. Danach wird gemeinsam das Gebet gesprochen.

Die Kämpfe der Mütter seien rituell zu verstehen, sagt man. So kennen diese Kämpfe die Verzweiflung aller Teilnehmer, nicht aber den Tod. Alle Kuhmütter überleben. Die im Verlauf des Schulterklopfens oder der folgenden Festfreude noch liegen gebliebenen Kuhführer erheben sich, die siegreichen Kühe werden bekränzt und, wenn es dunkel geworden ist, ebenso heimlich, wie sie heraufgeführt wurden, zu Tale gebracht.

Diese Kühe kennen auch im Stall nur das Matriarchat. Zu Hause, wo niemand sie sieht, ordnen sich die Besitzer ihren Kühen bedingungslos unter. Die Kuh winkt mit dem Schwanz, schon rennt der Kuhführer mit dem Honigtopf. So starken Müttern ist keiner gewachsen.

Der Sinn des Rituals ist vieldeutig. Die siegreichen Kühe werden «Königinnen» genannt. Heißt das, dass es unter den Müttern Übermütter gibt? Zumindest kann man sagen, dass diese Bezeichnung den Kühen eine Vorrechtsstellung gibt, und nicht abwegig wäre es wohl, anzunehmen, dass die Kuhführer in ihren Kühen indirekt die Große Mutter verehren. Das Tal, das auch sprachlich und in manch anderem Reliktstufe ist, würde auf diese Weise indogermanische Tradition bewahren. Wie auch immer. Zu Hause wartet nicht nur der Stall, sondern auch die Ehefrau, welche für den Rest des Jahres die Rolle übernimmt, die an diesem Tag die Kampfkuh innehatte. Nachts, im Schlaf knirschen die Männer und die Söhne mit den Zähnen. Ein langer Winter liegt vor ihnen.

–

Hebel war der Versuchung erlegen, wegzufahren. Auch schon wieder lange her, es war an Ostern. Osterspaziergang … eine Sizilienreise, warum nicht, hatte er gedacht.

Die Einsicht, dass man am besten zu Hause bleibt, war wieder einmal vergessen.

Schon am Dienstag der Osterwoche begannen die Prozessionen, für die Trapani berühmt war. Die Prozession am Donnerstagabend, bei der schwankend im Licht der Laternen die Heilige Maria der Armen und die der Begüterten sich in den Straßen begegneten, grandiose, mit Perlen, Lichtern, Blumen, Kerzen geschmückte Muttergottesfiguren, war von großer Inbrunst gewesen.

Höhepunkt sollte die große Prozession an Karfreitag sein, an der, begleitet vom dumpfen Getöse riesiger Straßenorchester, die Passionsgeschichte Christi dargestellt wurde, indem schwere, auf Tragreffs montierte Holz- und Cartapesta-Skulpturen an der Menge vorbeigeschleppt wurden.

Die berühmte Karfreitagsprozession jedoch erwies sich als ein im Wortsinn in die Länge gezogener, geistloser Umzug, der mehr aus Stocken als aus Vorwärtskommen bestand.

Wie immer bei solchen Anlässen spielte die Blasmusik für Hebels Geschmack nicht heftig genug. Es war nicht ungeheuerlich. Nicht infernalisch. Hebel hätte das Dröhnen und Heulen, die Leidensgeschichte Christi als musikalisch-kakofone Apotheose gern in Form eines musikalischen Totalzusammenbruchs erlebt, als das Ende aller Musik, mit platzenden Klarinetten, in Stücke fliegenden Tubas, explodierenden Pauken.

Aber hier schwiegen die Instrumente die längste Zeit, ruhten die Lungen, während nur die Trommler klöpfelten und schlegelten und damit ein minimales musikalisches Kontinuum aufrecht hielten.

Ständig wurden die Figurengruppen, die im Tageslicht vulgär und kitschig erschienen, auf den Boden gesetzt. Dann holten die Träger unter den Tüchern, welche die Tragreffs an den Seiten verdeckten, Plastikflaschen mit Wasser und Wein hervor, tranken durstig neben den Marterdarstellungen Christi, die sie herumzuschleppen hatten. Viele rauchten ganz ungeniert und bildeten Gruppen, die sich schwatzend unterhielten.

Es waren nicht mehr die jungen Männer aus Trapani, die sich unter die Holme der schweren Holzbilder zwangen und so das Leiden des Herrn stellvertretend auf sich nahmen. Das Leiden der Träger war eine gut oder teuer bezahlte Arbeit geworden und hatte seinen religiösen Sinn verloren.

Und so verhielten sich auch die Musiker der riesigen Blasorchester. Hebel sah uniformierte Mädchen, die nur so von ungefähr die Klappen ihrer Instrumente drückten, bemerkte andere, die stehen blieben und mit Bekannten am Straßenrand tratschten. Ja, es kam ein Paukenschläger vorbei, ein winziger Mann, die riesige Trommel auf dem Rücken, welcher, unter dem Gewicht vornübergeneigt, den Paukenschlägel am einen Handgelenk baumelnd, mit der anderen Hand ein Telefonino ans Ohr presste, in das er unablässig hineinsprach.

Hebel vermisste die Pferde. Die Pferde, die, so hatte er gehört, noch vor kurzem den Umzug begleitet hatten, die Pferde: in diesen engen Straßen wohl ungewohnte, herrliche Erscheinungen.

Der Auftritt eines Pferdes duldet keinen, der neben ihm eine Plastikflasche an den Mund setzt. Das Pferd erträgt keinen rauchenden Reiter auf seinem Rücken. Jedenfalls nicht während einer Prozession. Und auf einem Pferd telefoniert man nicht.

Die Troika auf dem Brandenburger Tor in Berlin, meinte Hebel, das Pferd Marc Aurels auf dem Kapitol, die Pferde neben den Statuen von Castor und Pollux vor dem Quirinale in Rom, die vier zwischen Griechenland, Rom, Konstantinopel, Paris und Venedig verschleppten Bronzepferde an der Basilika von San Marco sagen dasselbe: das Pferd erhöht. Und zwar nicht in erster Linie den gelegentlichen Reiter, selbst wenn es mit ihm steigt und, wäre es nicht aus Bronze, auch fliegen könnte. Es erhöht den, der es anschaut.

Es zwingt ihm Haltung auf, die er daraufhin als Reiter dem Pferd wieder aufzwingt, bis allgemein ein Zustand wie in der Hofreitschule in Wien erreicht ist. Und in Trapani, dachte Hebel an der Reling des Schiffs, als zuerst die Stadt Palermo und dann die Küste Siziliens im Meer untergingen, in Trapani habe ich nichts anderes erlebt als die Verelendung des Menschen, dem das Tier abhanden gekommen ist.

–

Eines Tages sprach Jesus, so steht es geschrieben, vor Volk und Jüngern über die Pharisäer und Schriftgelehrten. Vielleicht auf steinigem Feld, vielleicht im Schatten eines Ölbaums, doch gewiss von Fliegen und Mücken umsummt.

Das Thema seines Vortrags: der Unterschied zwischen Geist und Tat. Die Schriftgelehrten, so Jesus, sagten das eine – und täten etwas ganz anderes. Jesus wurde heftig, und er sagte in einer der unnachahmlichen Formeln, die später die Bibel ausmachen würden: «Weh euch, Schriftgelehrte und Pharisäer, ihr Heuchler, die ihr verzehntet Minze, Dill und Kümmel und lasset dahinten das Wichtigste im Gesetz, nämlich das Recht, die Barmherzigkeit und den Glauben! Dies aber sollte man tun und jenes nicht lassen. Ihr blinden Führer, die ihr Mücken seihet und Kamele verschluckt!»

«Mücken seihen», also «Mücken (aus der Suppe) sieben», das heißt wohl, über Mücken, also Nichtigkeiten sich aufregen, während Hunger herrscht auf der Welt, Krieg geführt wird, Banken krachen und das Klima aus dem Ruder läuft. Nun könnte man, von der Einsicht befeuert, dass die sogenannte Wahrheit – sagen wir's einfacher: die jeweilige Einsicht – nur aus dem Detail zu gewinnen ist, trotzdem versuchen, Mücken zu seihen, ohne dass man andererseits die bereitstehenden Kamele verschluckt. Die Mücken werden nicht weniger, indem man sie ungeseiht lässt. Es gehört im Gegenteil zu unseren grundsätzlichen Einsichten, dass man manchmal (oder sogar immer öfter) aus einer Mücke einen Elefanten machen muss, um zu erkennen, was die Welt und was sich in ihr bewegt. Der gestirnte Himmel über uns, der Floh im Nachtlager unter uns.

Ohnehin werden die Mücken und die Wanzen, die Zecken, Spinnen, Asseln, Milben und vier Dutzend andere Krabbelchen weiterhin den Haushalt bevölkern. Sie waren immer dabei und werden über das Ende des Bewohners hinaus im Hause wohnen bleiben, über und unter der Erdoberfläche, und wo der Mensch eine neue Hütte, ein Haus baut, nehmen sie bei ihm Herberge.

Die geschätzten und die ungebetenen. Die Hausgrille

zum Beispiel, Cryllus domesticus, die uns als wärmeliebendes Heimchen – von Althochdeutsch «heimo» – von der Wissenschaft als «ausgesprochener Kulturfolger» geschildert wird. Aber Kulturfolger sind sie doch alle, auch die ungebetenen Kameraden, die mit uns unsere Wohnstatt teilen: fünfzehn Arten in scheinbar keimfreien Neubauwohnungen, bis zu 50 Arten im durchschnittlich (also überdurchschnittlich) rein gehaltenen helvetischen Gemeinhaushalt.

Jeder versucht sie zu meiden und verflucht sie, oder versucht sie zu klatschen. Aber wo eine Fliege tot am Fliegenfänger klebt, kurven drei neue als Luftakrobaten im Zimmer herum. Man würde sie gern verdrängen. Aber jeder hört sie doch: o immerfort offenes Ohr. Und die Sprache, das zuverlässigste Kulturarchiv, weiß, dass man sie nicht loswird. Der Floh im Ohr. Die Fliege in der Suppe. Der Wurm, der drinsteckt. Die Laus im Pelz, und der Affe, der uns laust. Die Eintagsfliege. Was über die Leber kriecht. Was einen juckt. Der tolle Käfer und die noch tollere Biene. Mein Bienenfleiß. Die Not, in der der Teufel Fliegen frisst – also seine eigenen Untertanen, gehören die Fliegen doch zum luziferischen Bereich.

Die Sprache bewahrt nicht nur; sie verrät auch. Zum Beispiel den Geisteszustand eines Politikers, der eine bestimmte Religionsgemeinschaft als «Ungeziefer» brandmarkte, und den eines anderen, eines schweizerischen, der im Jahr 1942 die Emigranten als «politische Gewandläuse» bezeichnete. Beide wiederum wussten mit Sicherheit nicht, was, um weiter bei der Sprache zu bleiben, Grimms Deutsches Wörterbuch weiß – dass das Wort «Ungeziefer» ein inzwischen verschollenes «Geziefer» als Gegenstück kannte und dass das unterdrückte «Geziefer» unter einer christlichen Decke im heidnischen Opferwesen wurzelt, wo es das des Opfers würdige Tier bezeichnete. Im Gegensatz eben zum Ungeziefer – was ist «das unreine, verdorbene, aasige Fleisch, Unkraut, unbrauchbare Früchte, Unrath sowohl wie das zu Opferzwecken nicht geeignete Gethier».

Wie gesagt gehört das ganze Geschmeiß inklusive des Teufels Fliegen zur Unterwelt, wie Goethe sehr wohl wusste, wenn es in der Klassischen Walpurgisnacht heißt: «Als Insekten sind wir da / Mit kleinen, scharfen Scheren, / Satan, unsern Herrn Papa, / nach Würden zu verehren.»

Dallas. 81 Sekunden nach dem Start der Raumfähre «Columbia» am 16. Januar 2003 war das Schicksal der sieben Astronauten besiegelt, als sich ein Stück jenes Isolierschaums löste, mit dem die Aussenhaut der Treibstofftanks überzogen ist. Das Schaumstoffstück, keine zwei Pfund schwer, hatte die Grösse eines Fernsehapparates; es traf die Unterseite der linken Tragfläche und dürfte dort ein Loch von fast 20 Zentimetern Durchmesser geschlagen haben.

Am 31. Januar feuerte Kommandant Rick Husband für 2 Minuten und 38 Sekunden die Bremsraketen der «Columbia» und löste damit das Verlassen der Umlaufbahn aus. Gegen 8 Uhr 43 unterhielten sich Husband und der Astronaut William McCool fasziniert über das Farbenspiel des Plasmas, der extrem heissen, dünnen Luft, deren rötlicher Schein die «Columbia» zu umgeben begann. Was die Astronauten nicht wussten: das Plasma frass sich durch die Wunde im linken Flügel in dessen Inneres vor.

Neun Minuten später hatte das automatische Flugkontrollsystem des Shuttles zunehmend Mühe, die Position der «Columbia» stabil zu halten. Um 8 Uhr 59 und 52 Sekunden vernahm man undeutlich Kommandant Husbands Stimme zum letzten Mal.

13 Sekunden später brach die gesamte linke Tragfläche von der «Columbia» ab. 18 Sekunden nach 9 Uhr, nach 16 Tagen im All und einer Reise von mehr als zehn Millionen Kilometern, brach der Rumpf des Shuttles auseinander.

Nicht alles Leben erlosch an jenem Morgen über dem Himmel von Texas. Monate später fand man eine jener kleinen Boxen, die Material für die biologischen und biochemischen Experimente enthielten, die von den sieben Astronauten während des Flugs durchgeführt worden waren. Der kleine Container beherbergte Vertreter einer Wurmspezies, kaum grösser als der Kopf einer Stecknadel. Die Würmer waren die einzigen Überlebenden der Katastrophe.

—

Im Süden, in einem dieser engen Täler, unter hohem Himmel, lebt Hebels eremitischer Freund Anderberg. Sein ehrwürdiges Haus steht auf einer Geländeterrasse, auf welche die Sonne auch im Winter durch den freien Raum zwischen zwei gegenüberliegenden Bergen ein paar Stunden scheint. In seinem Dorf riecht es, obwohl draußen die Welt mehrmals umgedreht worden ist, immer noch nach Ziegen. In das Tal kommt man durch eine Verengung, eine Schlucht, die von einem reißenden Gewässer ganz ausgefüllt worden wäre, unpassierbar, hätten nicht die Bewohner des dahinter liegenden Tals eine schmale Straße kühn in die Bergwand gegraben.

Ihm ist es recht, dem Freund, dass er nicht so leicht zu erreichen ist. Wer ihn sucht, wie Hebel, findet ihn, aber niemand besucht ihn, der ihn nicht vorher gesucht hätte.

Anderberg bewahrt in seinem Haus ein Kästchen, vielleicht 20 mal 30 Zentimeter klein, ein Leichenschauhaus, das unter dem klassischen Motto Memento mori hätte stehen können. Angeschrieben hat er es so: «Animali morti in casa», «Im Haus gestorbene Tiere».

In dem verglasten Kästchen sammelt er, was er in den Stuben auf dem Rücken liegend findet: Mücken, Fliegen, Spinnen, Käferchen, Käfer, alles das, was sein ruhiges Haus mit ihm geteilt hat. Er hat, bei so vielen Kamelen vor den Toren seines Tals, nicht vergessen, die Mücken zu seihen. Freundlich macht er das Ungeziefer wieder zu Geziefer.

Ein Hieronymus ohne zahmen Löwen und ohne Schädel auf dem Schreibpult. Der Ziegengeruch genügt, der sich dazu gesellt, wenn man unter seiner offenen Loggia sitzt und der Regen stetig von der Dachrinne tropft. Aber auch dieser ist ein Eremit mit einem Mahnbild der Vergänglichkeit. Dieses übrigens ist selbst ein vergängliches Ding. Nämlich, die Tiere auf ihren Nadeln beginnen auszutrocknen und zu bröseln. Und da die Ereignisse der Welt auch dieses abgeschiedene Haus leise erzittern lassen, fallen mählich Fühler und Flügelchen, Beinteilchen und Mundwerkzeuge als Staub auf den Boden des Kästchens.

Anderberg hat eines Tages aufgehört, den Bestand in seinem Kästchen zu vermehren. Er ist nun selbst älter geworden, die Jahre beginnen zu zählen. Noch raucht er. Das Kästchen blieb an der Wand. Es hängt im Bad neben dem Spiegel, in dem er sich täglich dabei zusehen kann, wie er älter wird. Und es hängt direkt über der WC-Schüssel. Der Platz mag erstaunen, doch ist er gut gewählt. Das Kästchen ziert nicht als Kunst- oder Dekorationsobjekt eine Zimmerwand, sondern mahnt dort an die Vergänglichkeit, wo diese am unverblümtesten in Erscheinung tritt.

–

Schöner Sommer in Tropea:
Nachts die Mücken.
Am Tag die Fliegen.

–

Italien zittere vor dem Palmrüssler, las Hebel in einer überaus seriösen Zeitung; das Insekt habe sich, von Sizilien kommend, schon bis nach Rom durchgefressen. Ein Land zittert vor einem Käfer?

Die Zeitung machte mit dem *Rhynchophorus ferrugineus* bekannt, einem rostroten Käfer, etwa drei Zentimeter lang, mit hübschen Tupfern und einem ziemlich eindrücklichen Rüssel. Diesen bohrt er, im Innern der Palme hockend, in den Baum und unterbindet mit den entstehenden Kanälen die Wasserzufuhr zu den Blättern. Die Palme verliert erst ihre Krone, dann vertrocknen die tiefer stehenden Wedel. Der Käfer kille den Baum in ein paar Wochen, sagt die Zeitung – die Palme aber braucht 70 bis 80 Jahre, bis sie ihre schöne Größe erreicht hat. Der Palmrüssler ist äußerst resistent, er überlebt aufgesprühte Gifte und Temperaturen bis zu 50 Grad. Ein Weibchen legt bis zu 400 Eier und, was das Erstaunlichste ist: der Käfer riecht Palmen auf zwanzig Kilometer Entfernung.

In Palermo ist die wunderbare Hafensilhouette bedroht; 13 000 Bäume in Sizilien seien befallen, Tausende sind schon gefällt worden. Die sechs riesigen Palmen vor dem Normannenpalast in Palermo stehen nicht mehr. In Rom kam der Käfer von Ostia her. Am Badestrand der Hauptstadt sind die meisten Palmen krank oder tot, und innerhalb weniger

Wochen nach Eintreffen des Palmrüsslers seien im Stadtgebiet schon schwere Schäden zu sehen gewesen.

Eine Konferenz in San Remo, die über Abwehrmaßnahmen nachdenken sollte, kam zur Einsicht ihrer Machtlosigkeit: «Die Wahrheit ist, dass wir noch nicht über wirklich wirksame Mittel zur Bekämpfung des Palmrüsslers verfügen.»

Es gibt ihn noch nicht lange. 1993 sei er nach Spanien gekommen; in Italien tauchte er 2004 zum ersten Mal auf, im toskanischen Pistoia auf aus Ägypten importierten Pflanzen. Pistoia ist ein Zentrum der italienischen Pflanzschulen. Die Botaniker meinen, dass bis im Jahre 2015 die über 5000 Königspalmen der Ewigen Stadt verschwunden sein könnten.

Der Palmrüssler erinnert an den Kartoffelkäfer und an die Reblaus; der Kartoffelkäfer war Grund für Hungersnöte, bis ein Gift gegen ihn gefunden war, und die Reblaus vernichtete Ende des 19. Jahrhunderts flächendeckend die europäischen Weingärten bis resistente Klone aus Amerika gefunden waren. Man dürfte eben nichts von einem Ort an einen andern bewegen, was sich nicht von alleine bewegt. In Flugzeugen reist allerlei Geziefer mit, und mit ihm manche schwere Krankheit, in den Schiffen bringen Ratten und Mäuse Viren und Bazillen, der Tourismus vervielfältigt das Problem. Und so bekommt das bekannte Wort von Pascal, wonach alles Übel der Welt davon rühre, dass der Mensch es in seinen vier Wänden nicht aushalte, noch einmal eine bittere Pointe. Das erste Kaninchenpaar, das man in Australien einführte, sorgte dafür, dass ein Jahrhundert später der ganze Kontinent unterhöhlt war. Ein einziges Insekt sorgt dafür, dass in ganz Europa die Kastanien sterben, und ein Virus bewirkt, dass alle Ulmen eingehen.

«Frühmorgens um sechs öffnet ein Obsthändler mit seiner Frau den Rolladen seines Verkaufsstands. O Gott! schreit die Frau, denn es stürzt eine schwarze Wolke von Wespen, unzähligen, sich dauernd vermehrenden, ans Licht. Der Obsthändler wie seine Frau sind im Nu in die Wolke gehüllt. Dicke Klumpen wimmelnder Wespen bilden sich an ihren Kleidern, auf ihrer Haut und in ihren Haaren. Verwickelte Waben speicheln und kleben die entarteten Flügler an die Menschenhaut, da sie in der Lage sind, überall, selbst in die haltlosen Lüfte ihre Gehäuse zu bauen. Die beiden Befallenen halten sich indes zur größten Ruhe an und pflücken einander die wuchernden Wespenschwärme aus den Haaren, vom Nacken und aus den Kleidern. Da es ihnen gelingt, dies mit grösster Ruhe und Geduld zu tun, werden sie schließlich von ihnen befreit. Ihre Langmut wirkt wie eine störende Strahlung auf das hektische Ungeziefer, das durch unablässige Vermehrung seine Unruhe steigert, und schließlich fallen sie alle ab vom Obsthändler und seiner Frau, die nicht einen einzigen Stich davontragen.» Botho Strauss

—

Auf einer der kroatischen Küste vorgelagerten kleinen Insel, auf Mrcaru, hatten italienische Forscher im Jahr 1971 fünf Paare der Eidechsenart *Podarcis sicula* ausgesetzt, die von einer anderen adriatischen Insel, von Kopiste, stammten. Dann kam der Balkankrieg, und die Forschungen wurden über dreißig Jahre lang eingestellt.

Kürzlich hat man sich der Ausgesetzten erinnert und die Insel wieder besucht. Beeindruckt stellten die Zoologen fest, dass die neuen Eidechsen den alten Bestand vollständig ausgerottet hatten; die italienischen Eidechsen waren wesentlich aggressiver als die einheimischen. Die neuen Bewohner hatten sich rasant vermehrt. Die Population von ehemals zehn Eidechsen ist auf gegenwärtig etwa 5000 Individuen angewachsen.

Ihr Überleben und ihren darwinistischen Triumph, nämlich ihr bilderbuchmässiges *Survival of the Fittest,* verdankten sie einer geradezu rasend schnellen Mutation. Die italienischen Eidechsen, bisher vor allem Insektenfresser, haben mangels Nahrung auf Mrcaru die Fähigkeit entwickelt, sich nun auch vegetarisch zu ernähren.

Die eigentliche Sensation für die Forscher ist die Tatsache, dass die Eidechsen in kurzer Zeit ihren Kiefer verändern konnten und nun über andere Backenzähne verfügen – ein breiteres Gebiss, mit dem sie, so die Forscher, «mit einem einzigen Biss einen Stängel durchtrennen können». Überdies haben sie die Verbindung zwischen Dünn- und Dickdarm so verändert, dass ihre Verdauung den Umständen entsprechend verlangsamt worden ist.

Andrei Hendry von der McGill-Universität in Montreal, den die italienische Zeitung, die dies berichtet, um eine Erklärung gebeten hat, spricht von einer möglichen genetischen Prädisposition, aber auch von einer «geschmeidigen Antwort auf die Umwelt».

Merke, dachte sich Hebel: Anpassung ist eine Leistung, kein Defekt.

Im Anhang zu Oliver Sacks' «Die Insel der Farbenblinden» fand er in einer Anmerkung ein weiteres erstaunliches Beispiel.

Außergewöhnliche Spezialisierung und Evolution seien

nicht auf Inseln beschränkt, heißt es dort, sondern könnten in jeder Umwelt stattfinden, der eine gewisse Besonderheit und Abgeschiedenheit eigen ist. So habe man vor kurzem eine einzigartige stachellose Qualle in einem von Land umschlossenen Salzwassersee im Innern der zur Belau-Gruppe gehörenden Insel Eil Malk entdeckt. Dazu schreibe die Forscherin Nancy Barbour:

«Die Qualle dieses Sees gehört zur Gattung ‹Mastigias›, einer Qualle, die man gemeinhin in der Belau-Lagune antrifft. Sie benutzt ihre stark brennenden Tentakel, um sich zu schützen und ihre Planktonbeute zu fangen. Man nimmt an, dass die Vorfahren dieser ‹Mastigias›-Qualle vor Millionen Jahren in dem See eingeschlossen wurden, als vulkanische Kräfte Belaus überflutete Riffe hoben und tiefere Taschen in den Riffen in Salzwasserseen umwandelten. Da es kaum Nahrung und nur wenige Raubfische in dem See gab, entwickelten sich die langen, keulenartigen Tentakel der Qualle allmählich in stumpfe Anhangsgebilde, die keinen Schaden mehr anrichteten. Heute bezieht die Qualle ihre Nährstoffe von den symbiotisch in ihrem Gewebe lebenden Algen. Diese nehmen Energie aus dem Sonnenlicht auf und wandeln sie in Nahrung für die Qualle um. Dafür schwimmt die Qualle tagsüber an der Wasseroberfläche, damit die Algen genügend Sonnenlicht für die Fotosynthese bekommen … Jeden Morgen begibt sich der Quallenschwarm, der auf mehr als 1,6 Millionen Tiere geschätzt wird, quer über den See zum gegenüberliegenden Ufer, wobei sich jede Qualle im Uhrzeigersinn dreht, damit alle Seiten ihrs Schirms genügend Sonnenlicht erhalten. Am Nachmittag drehen die Quallen um und schwimmen über den See zurück. Nachts lassen sie sich in die mittleren Schichten des Sees absinken, wo sie den für ihre Algen erforderlichen Stickstoff aufnehmen.»

Solche Dinge, sagte sich Hebel, sind nicht bloß äußerst

erstaunlich. Oder bewundernswert. Wir schauen auf diese Tiere und verspüren unwillkürlich und gegen jedes bessere Wissen so etwas wie Hoffnung.

«Il faut que tout le monde soit poli
avec le monde ou alors
il y a des guerres … des épidémies des
tremblements
de terre des paquets de mer des coups
de fusil.
Et de grosses méchantes fourmis rouges
qui viennent vous
dévorer les pieds pendant qu'on dort la
nuit.» Jacques Prévert

—

Es gab Anlass, nach den verschwundenen Tieren zu suchen. Es fehlten ja immer mehr Arten. Aber auch von den Arten, die noch in zahlreichen Exemplaren vorkamen, verschwanden plötzlich ganze Herden, Schwärme, ja Populationen. Disappeared, spurlos verschwunden. Nun wurde Hebel auf der letzten Seite einer Zeitung fündig, fand eine Spur auf der Rückseite der Weltnachrichten, da, wo die Zeitung ihre Abfälle und Schnipsel zu einem Haufen zweitrangiger Nachrichten zusammenkehrt.

Normalerweise war auf dieser Seite von Pinguinen die Rede, die sich vor der Wärme der arktischen Winter immer weiter, auf dünner werdendem Eis, ins Innere zurückzogen, oder von Walen, die, manchmal in Scharen, vor neuseeländischen oder ostseeischen Küsten strandeten. Von den *Displaced Persons* unter den Tieren, und also auch von denen, die sich selber und ihre Art als Lebens- und Verhaltenmuster darstellten: im Zoo.

Nun stand da einmal etwas anderes. Ein im Wortsinn gefundenes Fressen. Denn jetzt fand Hebel einen Teil der Gesuchten: verspeist und verdaut. Unter dem Titel «Schweinshaxe nicht der Bayern liebstes Gericht» las er die folgende Meldung:

«Die Bayern essen lieber Wiener Würstchen als Schweinshaxe. Wie aus einer rezenten Umfrage hervorgeht, liegen im Freistaat die Würstchen mit 71 Prozent noch vor der heimischen Schweinshaxe, die lediglich von 69 Prozent bevorzugt wird. Wie viele Tonnen Schweinshaxe allerdings diese 69 Prozent bedeuten, sagt die Umfrage nicht. Unter den Spezialitäten der anderen deutschen Länder ist bundesweit die Thüringer Bratwurst mit 76 Prozent Spitzenreiter.»

Eine Bratwurst als Spitzenreiter oder -reiterin, Hebel freute sich schon rein sprachlich für die *Pole Position* einer Wurst.

«Es folgen die Schwarzwälder Kirschtorte (70 Prozent) und das Wiener Würstchen (68 Prozent) vor der brandenburgischen Spreewaldgurke (66 Prozent), dem rheinischen Sauerbraten (vom Rind) und der niedersächsischen Forelle Müllerin (aus Aufzucht; 61 Prozent). Die Schweinshaxe kam bundesweit auf 53 Prozent und liegt damit hinter dem Rollmops (55 Prozent).»

Hebel schrieb an die Zeitung nach München und schlug fürs bayerische Schulbuch eine Kopfrechnung vor: Wenn bundesweit 53 Prozent der Bevölkerung die Schweinshaxe vorziehen, und zwar zweimal wöchentlich, bei einer, Säuglinge und Greise abgezogen, haxentüchtigen Bevölkerung von 62 Millionen – wie viele Haxen hätte ein Schwein, das für ein ganzes deutsches Jahr ausreichen müßte?

Rechne!

Dann wandte sich Hebel, ein notorischer Müßiggänger,

der Frage zu, wie die Spreewaldgurke es wohl fertig gebracht haben mochte, ein «liebstes Gericht» zu sein. Egal! Er dachte an eine Reise nach Berlin, denn einst war ihm, aus dem Holzfass und über den Gartenzaun, in Berlin freundlich eine eingemachte Gurke gereicht worden.

–

Wo sind eigentlich die verlorenen Dinge? Sie haben sich ja nicht aufgelöst. Wo sind sie geblieben: der verlorene Schlüssel, der linke Handschuh, das Foto von einst? Was tun sie denn ohne uns? Sie sind ja nicht verloren in dem Sinn, dass sie nicht mehr existieren würden. Sie sind da, nur nicht hier. Sind in einem Orbit, irgendwo, in ihrer eigenen Umlaufbahn. Vielleicht nur im Dreck oder unter Staub, vielleicht im Himmel der verlorenen Dinge – warum sollten die Dinge, deren Existenz wir im Vergleich mit den Lebewesen immer zu gering einschätzen, nicht ihren besonderen Himmel haben?

Wenn sie wieder auftauchen, und das kommt unvermutet, tun sie, als seien sie immer da gewesen; sie blinzeln aus ihrer Wieder-Anwesenheit, und dann schieben sie die Schuld an ihrem Vermisstsein auf uns: wir hätten bloß nicht richtig nachgeschaut. Dass das fadenscheinig ist, eine freche Behauptung, ist offensichtlich; aber wie können wir dem Ding beweisen, dass es eben doch abwesend gewesen ist, wenn auch nur vorübergehend? Es ist da und tut nun, als sei es nie weg gewesen.

So oder ähnlich erging es der Menschheit mit einem Fisch. Er galt als fossil, und weiter weg vom Leben kann ein Tier gar nicht sein; das Fossil war klassiert, konserviert, dokumentiert und archiviert, als es eines Tages im Jahr 1938 plötzlich vorbeigeschwommen kam. Es gibt eben nicht nur das Aussterben, das Verschwinden auf Nimmerwiedersehen, es gibt das unvermutete Wiederauftauchen, ja, auch hier ein unverhofftes Wiedersehen.

Der Fall ist berühmt geworden. Das Wiedererscheinen des Quastenflossers, eines Fisches, der entwicklungsgeschichtlich älter ist als alles, was um ihn herum schwimmt, war eine wirkliche Sensation (während die meisten Sensationen ja keine sind, sondern bloß Aufbauschungen). Eigentlich hätte er ausgestorben sein sollen; sein Alter wird von Forschern auf 350 Millionen Jahre geschätzt, und seit dem Ende der Kreidezeit sollte er eigentlich verschwunden sein. Er ist also, wenn man das so unwissenschaftlich sagen darf, älter als die ganze Welt um ihn herum. Es kommt Hebel, was des Quastenflossers Alterseinsamkeit betrifft, jener japanische Soldat in den Sinn, der, Jahrzehnte nach Kriegsende, auf einer einsamen Insel im Busch aufgestöbert wurde, in voller Montur und kampfbereit: es hatte ihm niemand gesagt, dass der Krieg zu Ende war.

Der Quastenflosser schien so ausgestorben zu sein wie der Auerochse, wie Mammut und Brontosaurier, oder, wenn man sein Alter bedenkt, noch viel ausgestorbener als die: vorbei, vergangen, fossil.

Es soll ein sommerlicher Tag im Dezember gewesen sein, in einem südafrikanischen Dezember, als eine Angestellte des Naturkundemuseums von East London, einer Industriestadt im Südosten Afrikas, über den Markt ging: Miss Marjorie Courtney-Latimer; der Name tut etwas zur Sache, wie man sehen wird. Eine Zoologin. «Sie sah sich interessiert ein paar Haie an», wird berichtet, nicht zu Küchenzwecken wohl, als ihr unter den Raubfischen ein Fremdling auffiel, ein schwerer, ungeschlachter und, wie es weiter heißt, «stahlblauer Fisch».

Das Tier war von einem Fischdampfer gefangen worden, welcher von Kapitän Henrik Goosen kommandiert wurde, einem Freund, der bei besonderen Fängen Frau Courtney alarmierte, welche dann einzelne Stücke für ihr Museum auswählen konnte. Dieser Fisch, der Urfisch aus der Vergangenheit, war tot, nämlich an der Dekompression beim Einholen des Netzes gestorben, er war eineinhalb Meter lang und 52 Kilogramm schwer und zeigte neben seinen großen Schuppen und fleischigen Flossen, die wie Gliedmassen abstanden, einen mächtigen Unterkiefer.

Miss Marjorie liess das Tier ins Museum schaffen; der Fisch soll dabei schon ordentlich gestunken haben. Sie versuchte, ihn mithilfe ihrer Nachschlagewerke zu bestimmen, was ihr nicht gelang. So fertigte sie eine Zeichnung und schickte diese an einen Kollegen in Gramhamstown, an den Ichthiologen James L.B. Smith.

Um die Anekdote von der Entdeckung des Quastenflossers zu Ende zu bringen: Smith wiederum sei «wie vom Donner gerührt» gewesen, und so verdattert tat er einen Ausspruch, der in der Wissenschaftsgeschichte so berühmt geworden ist wie der Quastenflosser als Wiedergänger: «Ich wäre kaum erstaunter gewesen», sagte Smith, «wenn mir auf der Straße ein Dinosaurier begegnet wäre.» Benannt wurde das Tier nach seiner Entdeckerin, Latimeria, und nach dem Fluss, vor dessen Mündung es aufgebracht worden war: Chalumnae.

Später sind andere Exemplare von *Latimeria Chalumnae* gefunden und gefangen worden, manche sogar lebendig. Der Quastenflosser schwimmt in einem Gebiet zwischen den Komoren und Madagskar in den Tiefen, als eine andere Art auch in Indonesien. Er lebt, ein träger Schwimmer, in Höhlen, gesellig, jedoch kann er sich mit einem Schlag seiner breiten Schwanzflosse blitzschnell beschleunigen. Er reißt dann, mit einem Gelenk im Kopf, das es bei anderen Fischen längst nicht mehr gibt, sein Maul auf, vollführt eine rasche «Saugschnappbewegung» und bringt seine Beute auf diese Weise schnell in sein von spitzen Zähnen umgebenes Maul.

Immer neue Begegnungen bestätigen das Fortleben von *Latimeria Chalumnae.* Im April 2004 stieß eine deutsche Expedition in Südafrikas Küstengewässern auf weitere Tiere; der bekannte Bestand erhöhte sich auf 21 Exemplare. Am 22. Mai 2007 gelang vor der Insel Sulawesi einem indonesischen Fischer der Fang eines Quastenflossers. Der 1,3 Meter lange und 50 Kilogramm schwere Fisch lebte noch 17 Stunden in Gefangenschaft.

So sehr er fehlte, so sehr ist er wieder da. So geht es schließlich auch mit anderen Dingen, die einmal vermisst waren. Was Hebel indessen faszinierte, war – über so lange Jahrmillionen – das Ausbleiben jeder Veränderung. Latimeria war bis in alle Kleinigkeiten sich selbst geblieben, inklusive der bemerkenswerten Dimension seines Gehirns, welches nämlich nur wenige Gramm in einem bis zu zwei Meter langen und 100 Kilogramm schweren Lebewesen ausmacht. Man hätte auch von einem Mikrogehirn sprechen können, dachte Hebel, oder einem abwesenden Hirn (in Latimerias Schädelhöhle finde sich nebst dem erwähnten Scharnier sonst nur «fettiges lymphoides Gewebe»). Und es war vielleicht nicht ganz abwegig, das unvorstellbare ausgedehnte Überleben dieser Gattung auf das Ausbleiben jeder Fantasie auf eine Veränderung zurückzuführen.

In Hebels Jugend war Veränderung ein Schlüsselwort gewesen, und alles, was sich nicht veränderte, machte ihn erbleichen, ganz so wie in jener Geschichte über Herrn Keuner, der von einem Bekannten begrüßt wurde mit den Worten, «Herr Keuner, Sie haben sich gar nicht verändert!» – und Keuner erbleichte. Alles muss immer anders werden, dachte man, das Bestehende ist nur Durchgang zum Nächsten, und wenn es die Entwicklung will zum Besseren. Der Quastenflosser aber zeigt, dass, wenigstens in der Natur, etwas immer schon gut genug sein kann. Beständigkeit, die ältere Schwester der Anpassung.

Latimeria also, der Unwandelbare; ein Nichtaussterben der besonderen Art, eine Wiedergeburt ohne Tod – «and he never had to leave his body», hätte ein gläubiger Hindu kopfwackelnd gesagt. Andere tun es dem Quastenflosser nach, so etwa der 150 Millionen Jahre alte Seedrache, *Hydrolagus matallanasi,* auch er kürzlich, erst 2004, im südostbrasilianischen Bundesland Rio de Janeiro entdeckt. Dieser äußerst seltene Fisch aus der Unterklasse der Seekatzen lebt in 700 Metern Tiefe, geborgen in vollständiger Dunkelheit, und verfügt dennoch, wie der Quastenflosser, über «Riesenaugen, mit denen er das geringste Licht wahrnehmen könnte».

Könnte? Vielleicht tauchen diese Tiere ja hie und da auf, dachte Hebel, dann, wenn es dunkelt über dem Wasser, und schauen nach, ob die Welt noch da ist.

–

Fangarme, ein Züngeln vom Grund her, einsam hockt sie, des Tauchers gewärtig … Es bleibt lange Zeit so. Dann einmal, nach Jahren, ein Taucher, nicht übermütig, eher zaghaft, ein neugieriger Junge.

Ungewissen, geahnten Felsen entlang, im Dämmer, fächelnd mit Flossen, tiefer, Tang und Muscheln. Ins Trübe. Mit seinen Beinen schlagend, tiefer, doch nicht tief, um Vorsprünge herum, durch einen Torbogen aus Fels, sanft, am Bauch der Sand des Grundes.

Krake wartet, kann warten. Fächelt, so viele Arme … Schäufelchen nur Tauchers Hände.

Wartet, eine ägyptische Tänzerin, mit so vielen beweglichen Armen, züngelnd, mit Saugnäpfen. Einen Arm legt sie dann zart um die Schulter des Tauchers, wie Tausendundeinenacht. Die andere klebt sie ihm auf den Rücken … spielt die Krake … Schnur, Kette, Punkte auf seinem Rücken.

Womit tötet sie? Wie? Wo ist ihr Hirn, in so viel Armen? Der junge Taucher hingegeben. Ruhiger Atem, Vorrat an Sauerstoff …

Kannst Krake entrinnen, schneide sie, Tauchermesser … überrascht … umso rasender schlägt sie, und plötzlich mit hundert Armen, peitscht. Wasser strudelt.

Endlich, wie zu spät, sieht er das Auge, den kleinen roten Knopf. Und enge Umarmung.

Hässlich ist sie, gemein –

Doch fühlt auch sie, fühlt Krake sogar den Schmerz …

… löst sich, paddelt höher … vermeintlich … entkommen, begleitet sie ihn.

Striemen am Rücken, Punktketten, brennend, ist gezeichnet … reicht in deine Träume. Kommt wieder, umarmt dich, Scheusal, umschlingt dich … damit dir die Luft wegbleibt, hier unten, in der Tiefe … im Ungrund, Abgrund, Grundlosen … nicht abzuschütteln, abzustreifen, wegzuwischen, die Betastungen, Berührungen, Unzucht; Verbrennung … Vergewaltigung, Verschlingung, Vertilgung, Vernichtung.

Krakenalt.

Aus jedem Arm wächst eine Krake nach.

Hat Krake ein so kleines Herz, dass es ihr weh tut? Von den Geschlechtsteilen zu schweigen, schweig!

Dieses entzündete kleine rote Auge … Zerrbilder im knotigen Hirn, Hass.

Und wenn sie sich streckt, dehnt, greift sie aus der Vergangenheit in die Zukunft. Würde sie ein Geräusch machen, würde sie kichern, keckern, Schabelaute, schäbige Affrikaten, abschätzige –

Fangarmgefächel, Todesfarn. Blitzartig greift er um sich und packt, vertilgt, tilgt. Viele bleiben unten. Einer, ich kenn ihn, rammte sich das Messer in die eigne Brust, krakenumarmt.

Weiß, dass sie sterblich ist, das macht sie giftig –

Schlägt noch im Todeskampf, züngelt und brennt dir ihr Zeichen, nach Krakenart.

–

Es ist viel weniger weit zum Verschwinden als man denkt. Ein Nachbar, unheilbar krank, hatte eine Fahrt nach Helgoland gebucht, nur nach Helgoland, und war nie zurückgekommen. Ein Leichnam war nicht gefunden worden.

Das kann auch ein Trost sein; mitunter nur ein Trotz.

Er sei nicht konfliktfähig, hatte eine seiner Freundinnen einmal zu Hebel gesagt. Nein, hatte er heftig und so sanft wie möglich repliziert. Er wolle einfach nicht mehr ununterbrochen «über das Leben reden», wie sie das immer nenne.

Er vermied den Streit, auf den sie aus war. Aber danach hätte er gern etwas umgebogen, zerknüllt, etwas zerbrochen. Der Mülleimer erhielt einen Fußtritt. Und sofort sah er sich wieder, den roten Schweizerpass in der Gesäßtasche der Jeans, in einem fernen Land verschwinden, samt seiner ganzen überflüssigen Identität. Spurlos, für immer.

Ich bin ja selbst schon fast wie ein Tier in meiner Ausweglosigkeit, dachte Hebel in solchen Augenblicken, voller Angst.

–

Aus dem Bärenei, einer Erfindung, zu nichts anderem da, als um anzudeuten, dass man sich nicht immer mit dem

Gegebenen abfinden möchte, aus dem Ei des Bären und dem Bären auf der Dreiradvespa war nichts geworden. So schwanden die Fantasien, während immer mehr Wirklichkeiten endgültig wurden: ein Käfig, in dem nach innen Stab um Stab eingesetzt wurde.

Der Raum wurde eng und enger, der Blick fing sich in den Stäben, ging immer weniger durch sie hindurch.

«Mir unähnlicher werdend vor dem Spiegel», notierte Hebel, «Jahr um Jahr, Begegnung um Begegnung, Auge in Auge. Aus meinem Gesichtsfleisch modelliert sich der Vater heraus, eine Auferstehung auf meine Kosten.»

Aus seinem Tagebuch mit Tieren war nichts geworden, doch: ein weiterer Torso, oder wie gewohnt: eine Zettelwirtschaft. Er hatte nur ausgerissene Wolle in den Händen.

«Was soll's», notierte Hebel. «Ich bin aus lauter Einzelnem gemacht. Und was wäre denn das Gegenteil? Das sogenannte Ganze? Das Ganze gibt es immer nur aus Einzelnem. Damit bin ich lange davon gekommen.

Habe ich darauf gehofft, dass sich die Teile eines Tages zu einem Thema fügen würden? Ich weiß nicht. Das sogenannte Lebensthema … Ich sehe die Komponierten, und die Sparsamen, die Leute, die mit einer Tonart auskommen. Spießbürger wie Künstler, Leute, die nicht hergeben, und schon gar nicht verschwenden können. Ich beneide sie nicht.

Lieber einzelne Noten; Töne, Tonarten, Teile eines nicht fertig werdenden Ganzen, das meine kleine Unvollendete ist. Variation einer niemals vollständig erklungenen Grundmelodie. Fragmente, Impromptus; Capriccios.

Im Augenblick des Todes löst sich die Melodie daraus, die gefehlt zu haben scheint, wird einmal erlebbar, löst sich und verschwebt auch schon im gleichen Augenblick.»

–

Lachse finden das Heimatgewässer nach dem Geruch (Geschmack). Es genügen ihnen wenige Moleküle zur Unterscheidung. Wir aber müssen vorwärts irren, sagte Robert Musil.

–

Hebel sprach auf den Telefonbeantworter. Der war einer von Anderbergs Umweltfiltern. Anderberg sprach nicht mit jedem und ließ einen Anrufer nicht so einfach in sein Refugium hineinplatzen. Er verschanzte sich hinter dem Telefon, indem er es in eine Einweginstallation verwandelte. Aber zuverlässig rief er meistens zurück.

Diesmal freilich nicht.

Zu Anderbergs Häuslichkeitswesen gehörte das Kochen, nicht das Aufwendige, Komplizierte, Trendige. Mehr der unentwegt geübte Versuch, aus einfachen Dingen durch umsichtige Zubereitung ein besonderes Ganzes zu komponieren. Das Wunder der Verwandlung in der Pfanne durch Sorgfalt zu erzeugen, mit Geduld und Zeit.

Anderberg hatte gastronomische Themen. Den jüngsten Versuch, eins von ihnen aufzuschreiben, sandte er, statt zurückzurufen, in Hebels milde Verzweiflung. Per Mail.

GEROLLT UND GEWICKELT –

So fühlen wir uns geschützt. Als Puppe in der Puppe in der Puppe. Am liebsten wären wir immer mittendrin. Es gibt ein Ziehen und Sehnen dorthin, das kommt davon, dass das auf immer nicht mehr erlaubt sein soll. Aber jeder weiß oder ahnt noch etwas von seinem ersten Innendrinsein. Das können wir nicht mehr vergessen. Und doch müssen wir es. Also träumen wir davon. Dann finden wir es überall.

Was ist ein Handschuh ohne Hand? Was ist eine Olive ohne Stein? Oder die Olive über dem Stein? So wie einstmals der Mantel über dem Rock, und der Rock über dem Unterrock, und der Unterrock über dem Hüftgürtel, und der Hüftgürtel über dem Spitzenhöschen, und das Spitzenhöschen über dem Unterhöschen, und das Unterhöschen, und …

Verstecken – Entdecken, beides gehört zum Wickel. Der Wickel und sein Geheimnis. Zum Beispiel: ist der Wickel durchgehend nur Wickel, Wickel an sich, oder wickelt er im Wickel was ein? Was? Wer weiß schon, was in wem ist, oder wer in was, oder wer um was herum.

Das aus der Wäsche Schälen ist nur eines. Das andere ist das, was man das Hineinsuchen nennen könnte Schnappte der Wal seinen Jonas, oder sprang dieser hinein in den Wal? Steckte der Löwenbändiger nicht seinen Kopf in den Rachen, um eines Tages vom Hineinstecken erlöst zu werden? Wer war dabei, um es zu wissen? Wer sieht in das Innere eines Löwenbändigers?

Was zeigt die Mandel? Etwas Verbotenes und etwas Verlorenes; manchmal füllt das uns ganz aus, wie Schluchzen. Wir nennen es Glück, wenn wir innen sind, in einem Haus, einem lieben Hemd oder im anderen Gemüt. Außen geht es uns schlechter. Aber wir trösten uns.

Mit Krautwickel, Rinderrollbraten, Cannelloni, Strudel, Nussgipfel und gefüllter Gans. Beim Fleischvogel sind wir schon nah am Geheimnis.

Nun bloß keine Theorie! Auf zu den Phänomenen, zum Beispiel zu einem Hühnerei, wie es Asfa-Wossen Asserate vorschlägt.

«Man nehme ein Kamel», sagt so einer, der als äthiopischer Prinz an das Anrichten mit großen Kellen oder Keulen gewöhnt sein wird, «man nehme ein Kamel, fülle es mit einem Kalb, dieses mit einem jungen Lamm, dieses mit einem Huhn, und dieses mit einem Ei. Die Kunst des Kochs zeigt sich beim Wickeln, die Kunst des Trancheurs beim Vorlegen. Auf jeden äthiopischen Fladen (Belebele) muss von jeder Fleischart ein Stück, bis hinunter zu einer Eispalte, zu liegen kommen.»

Dem Ei werden wir wieder begegnen, es ist sozusagen die Konstante in all dem Gewickel mit Tieren und Tierischem. Was gefällt: die Kunst des Trancheurs. Gegen Herrn Asserate, gegen den auch einiges andere einzuwenden wäre, ist zu bemerken, dass er mit dem Kamel beginnt und mit dem Hühnerei aufhört. Ist doch in diesem Fall eher das Ei im Kamel als das Kamel ums Ei.

Ein anderer hat auch etwas davon gewusst. In Tübingen, wo man in der Regel protestantisch geradeaus kocht, schrieb der Philosoph Ernst Bloch, auch er auf den Spuren des Ein- und Auswickelns, eine Wickelgeschichte auf.

«Folgendes soll sich lange, fernen Ortes zugetragen haben. Es war ein Olivenessen, doch ein ganz besonderes, wie man gleich hören wird, und unter besonderen Leuten. Im alten Nanking, zweimal im Jahr, versammelten sich junge Literaten, verspeisten sehr ruhig und geschmackvoll je drei Oliven, wenig also, doch voll eigener Bewandtnis in der Zubereitung. Ausgesuchte Früchte wurden nämlich erst jede für sich in einen Krammetsvogel eingenäht, diese dann in eine Wachtel, die in eine Ente, die in eine Gans, die in einen Truthahn, der in ein Ferkel, das in einen Hammel, der in ein Kalb, das in einen Ochsen. Sodann ward das Ganze über gelindem Feuer am Spieß langsam gewendet und gebraten. Hernach warf man den Ochsen weg, das Kalb, den Hammel, das Ferkel, den Truthahn, die Gans, die Ente, die Wachtel, nahm aus dem Krammetsvogel die Olive und brachte sie zu den zwei anderen, ebenso spinös zubereiteten auf die Tafel. Mitten aber im folgenden Verzehr hielt einer der Literaten peinlich still, doch nicht nur in sich gekehrt, zerdrückte seine Speise sehr langsam, ganz Zungenspitze und Gaumen, mit Blick zur Decke und sagte zuletzt:

Ich möchte kaum annehmen, dass ich mich irre, mir scheint, der Truthahn bei dieser Olive war nicht ganz jung.

Und die Freunde am Tisch lobten nicht nur die belesene, sondern die untrügliche Zungenspitze, obwohl sie das Schweigen unterbrochen hatte …»

Zu dieser Geschichte könnte ich sagen: Tant de bruit pour une olive! Dann hätte ich freilich noch nie fein gekocht oder auch nur gegessen.

Ein gescheiter Freund, dem ich sie vortrug, sagte knapp: Hegel.

All die verschiedenen Fleische um die Olive herum – ja, gewiss ist hier viel Tierisches zueinander gebracht worden – dienen doch nur dazu, das Geschiedene mit sich zu versöhnen und in einem Höheren aufzuheben: in der gekochten Olive, die quasi die Essenz aller beteiligten Tiere ist.

Kommt nicht Bloch von Hegel her, fragte ich mich, meinen belesenen Freund bewundernd.

Später schien es mir – und ich wurde dessen erst gewahr, als ich den Text abschrieb –, dass Ernst Bloch eine Parabel versucht habe, in der alles auf die Stille hinausläuft, in der die literarischen Freunde am Tisch sitzen. Bis einer diese Stille bemerkbar macht, indem er sie unterbricht. Sie verspeisten «ruhig und geschmackvoll», heißt es, und dann schmeckt die Zungenspitze nicht mehr, sondern unterbricht. Wenn ein so großes Verb wie ‹verspeisen› mit drei kleinen Oliven in Beziehung gebracht wird, kann der Witz der Geschichte nicht im Verspeisen der Olive liegen.

Ein Amerikaner, den manche für einen Engländer halten, da er nach einer langen Laufbahn im Dienst vieler Majestäten die englische Staatsbürgerschaft annahm, wohl in der Hoffnung, dereinst noch geadelt zu werden, Hoffnung, die aufging und ihn ins englische Unterhaus brachte, dieser amerikanische Engländer oder besser englische Amerikaner, der seine bürgerliche Laufbahn als Journalist begann, hatte, wie alle auf dieser Welt erfolgreichen Leute, eine einzige schlaue Idee, den Einfall des Lebens, indem er im afrikanischen Urwald einen Satz sagte, einen einzigen, der ihn weltberühmt machte. Auch dieser Satz hat einen Kern, und viel drum herum.

James Rowland, der sich Stanley nannte, Henry Stanley, hatte von einem Engländer gehört, einem ehemaligen Baumwollspinner, jetzt Arzt, Theologe und Afrikareisender, der, nach einer beschwerlichen Reise über Sansibar, den Rowana hinauf und, sich nach Nordwesten wendend und indem er das Südufer des Nyassasees umging, im April 1867 an den Tanganjika, nun zum Lualaba vorgestoßen und, indem er diesem aufwärts folgte, an den Moero- und dann den Bangweolosee gekommen war, von wo er, Doctor David Livingstone, nordwärts nach Udschidschi am Tanganjika gezogen war, weil er von dort aus das Manyemaland erforschen wollte, dort aber festgefahren, krank geworden und in große Bedrängnis gekommen sei. Das wäre ihm, nebenbei gesagt, am Saoseosee, der sich in der schweizerischen Talschaft Puschlav befindet und in der Abgeschiedenheit von großer Schönheit ist, nicht widerfahren.

Item. Stanley, Journalist und Schlaumeier, stellte sich vor, wie es wäre, wenn er ein Buch schreiben würde, das den Titel «How I Found Livingstone» tragen und in dessen Zentrum ein Satz stehen würde, wie er im afrikanischen Busch noch nie gesprochen worden war und der ihn mit einem Schlag berühmt machen würde, und dieser Satz würde natürlich heißen müssen: «Doctor Livingstone, I presume.»

Stanley, Aventurier, doch Generalstabsplaner, zäh wie Gämsleder und dazu ein Menschenschinder und Rassist, der dem belgischen König Leopold II. dazu verhelfen sollte, am Kongo das grausamste und ausbeuterischste aller Kolonialregimes zu errichten, fand Livingstone tatsächlich und veröffentlichte den Satz, mit dem er sowohl in die Entdeckungsgeschichte Afrikas als Unsterblicher wie in die Literaturgeschichte als der Fall eines Autors eingegangen ist, dessen umfangreiches Gesamtwerk sich auf einen einzigen Satz reduzieren lässt. Nebst diesem Satz, der sich leicht merken lässt, bleibt ein Rezept von ihm, das etwas aufwendiger daher kommt.

«Man durchquere Afrika dort wo es am dunkelsten ist und sammle folgende Vögel: einen Strauß, einen Emu, eine Gans, eine Ente, ein Huhn, eine Urwaldwachtel und einen Kolibri. Man entbeine den Strauß und fülle ihn mit dem entbeinten Emu, fülle diesen mit der entbeinten Gans, fülle diese mit der entbeinten Ente, fülle diese mit dem entbeinten Huhn, fülle dieses mit der entbeinten Urwaldwachtel und diese nun vorsichtig mit einem Kolibri.

Der ungeübte Koch fängt mit dem Kolibri an, attention: fragile!, steckt diesen in die Urwaldwachtel, diese in das Huhn, dieses in die Gans, diese in den Emu und dieses in den Strauß.»

Nach Stanleys Erfahrung wird der Vogelwickel am besten während drei Tagen und Nächten auf kleiner stets unterhaltener Glut geröstet.

Alle äußeren Vögel sollen gar sein, sagt Stanley noch – der Kolibri jedoch so munter, dass er beim Aufschneiden davonfliegt.

Auch das nur ein holder Traum, der nicht erst bei der

Zubereitung, sondern bereits daran scheitert, dass es in Afrika, ob im Dunkel oder im Hellen, keine Kolibris gibt.

Pass auf, Hebel, dass niemand dich einwickelt, eh du es selbst nicht tust –

À bientôt – A.

Moskau. Ein Esel ist in Russland für eine Werbeaktion an einem Fallschirm in die Luft gezogen worden. Das vor Angst schreiende Tier sei an einem Strand auf der Halbinsel Taman am Asowschen Meer an einen bunten Schirm gebunden und von einem Motorboot in die Höhe gezogen worden, berichteten russische Medien am Dienstag. Kinder hätten weinend zugesehen. Erst nach einer halben Stunde sei der sichtlich benommene und angeschlagene Esel wieder heruntergelassen und noch mehrere Meter über das Wasser bis zum Strand geschleift worden. Die Badegäste griffen bei dem Vorfall, der sich vergangene Woche bei dem Dorf Golubitskaja ereignete, nicht ein, sondern fotografierten das Tier. Der Esel soll später nach England in ein Pflegeheim überstellt worden sein. Mit dem Flugzeug.

Nachweise

Motto: *Herman Melville,* «Moby Dick», Kap. 87
J. G. Herder, «Journal meiner Reise im Jahr 1769», posthum
Sigmund Freud, «Eine Schwierigkeit der Psychoanalyse», Imago, London 1947
Vladimir Nabokov, «Deutliche Worte», Rowohlt, Hamburg 1993
Paul Nizon, «Hund. Beichte am Mittag», Suhrkamp, Frankfurt a. M. 1998
J.-R. von Salis, «Notizen eines Müßiggängers», Orell Füssli, Zürich 1983
Gustave Flaubert, «Bouvard und Pécuchet», Insel, Frankfurt a. M. 1996
Botho Strauss, «Vom Aufenthalt», Hanser, München, 2009
Jacques Prévert (mit André Verdet), Histoires (Poêmes), Paris 1949

Die Zeitungsmeldungen stammen aus verschiedenen Publikationen. Sie sind oft nicht wörtlich wiedergegeben, und nicht immer sind sie echt. Das Interview mit Bauer Enewaldsen hingegen ist echt und stammt aus dem sz-Magazin vom 1.2.2002.

Einige Texte sind in früherer Form in der Zeitschrift «manuskripte», Graz, erschienen (143/1999 und 168/2005).

Bücher, herausgegeben von
Dieter Bachmann im Limmat Verlag

Il lungo addio — Der lange Abschied

Una storia fotografica sull'emigrazione italiana in Svizzera dopo la guerra — 138 Fotografien zur italienischen Emigration in die Schweiz nach 1945

Der Körper der Photographie

Eine Welterzählung in Aufnahmen der Sammlung Herzog

Im ganzen Land schön
Die Schweiz mit der Tageskarte

Ein Reisenbuch mit Jochen Jung, Manfred Papst, Bruno Steiger, Isolde Schaad, Daniel Zahno, Guido Magnaguagno, Mascha Kurtz, Klaus Merz, Dieter Bachmann, Peter Weber, Peter Höner, Peter K. Wehrli, Christoph Kuhn, Balz Theus und Sibylle Mulot

Aufbruch in die Gegenwart
Die Schweiz in Fotografien 1840–1960

Mit literarischen Texten zur Schweiz von damals bis heute, sowie einer kleinen Fotogeschichte von Peter Herzog und Anmerkungen zur Sammlung Herzog im Landesmuseum Zürich von Ricabeth Steiger

Daniel de Roulet
Nach der Schweiz
27 Porträts zur Metamorphose eines Nationalgefühls

Das Wort «Nostalgie» geht auf das berühmte Heimweh der Schweizer Reisläufer zurück. Seit jener Zeit hat sich die Schweiz vielfach gewandelt und ist nach einem halben Jahrhundert Sonderfall als normales Land in der globalisierten Welt angekommen. Wie sich die Gefühle zur Schweiz dabei verändert haben, spiegelt Daniel de Roulet in Biografien. Vom heimwehkranken Londoner Schokoladenbaron aus dem Tessin, Carlo Gatti, über Ferdinand Hodler und Annemarie Schwarzenbach bis zu Noëlle Revaz und Peter Weber zeichnet Daniel de Roulet in sehr persönlicher Art die Beziehungen nach, die 27 ausgewählte Persönlichkeiten zur Schweiz hatten oder haben.

«Erstaunliches kommt dabei zu Tage, vor allem der Wandel, dem die Schweiz in den letzten 200 Jahren unterlag.»
Literaturkalender FAZ

«Dem Charme, dem Einfallsreichtum und der erzählerischen Verve von de Roulets Porträtierungskunst vermag man sich nur schwer zu entziehen.» *Der Bund*

«Die Porträts sind kurz, meisterhaft geschrieben und um Fairness bemüht.» *Schweizer Familie*

Isolde Schaad
Robinson und Julia … und kein Liebestod
Roman

Sind wir denn die, für die man uns hält? Nur noch verbrauchte Ideengestalten? Fragt Eva am Frauenabend. Und Julia sagt leider und reckt sich. Es ist also höchste Zeit aufzu brechen. Auch Bonnie, als Gangsterbraut erschöpft, möchte endlich selbst bestimmt arbeiten.

Und was tun die Männer in diesem erotischen Entwicklungsroman, der Theorie und Praxis in heißer Hin gabe verquickt? Sie heißen Jean-Paul und Bauer Josef Clever, sind Denker und Banker und fallen aus ihren Führerkabinen weich oder hart.

Isolde Schaad erzählt in einem sprachmächtigen Sog, wie die Heldinnen von einst zu Berufsfrauen von heute werden.

«Fröhliche Dekonstruktion und spielerische Selbstironie, ‹Robinson und Julia› spruht vor Einfällen.» *Neue Zürcher Zeitung*

«Isolde Schaad hat Witz und Biss beim Schreiben, einen gnadenlosen Blick und eine scharfe Zunge.» *Tages-Anzeiger*

«Schaads Buch ist respektlos , witzig, schnell und scharf.» *NZZ am Sonntag*

«Ein köstliches Buch mit Tiefgang!» *art-tv*

Isabelle Stamm
Schonzeit
Roman

Miruna Lupescu, eine junge Schweizerin rumänischer Abstammung, die sich ihren Lebensunterhalt mit Übersetzungen verdient, lebt zurückgezogen in einer kleinen Wohnung, ihrem «Turm». Besuch bekommt sie allein von Julius, mit dem sie eine zwiespältige Beziehung verbindet. Einmal im Monat trifft sie sich mit ihrer Schwester Anna, die ihr auch den Auftrag zuhält, die «Briefe an den Sohn meiner Tochter» eines Gabriel Alexandru aus dem Rumänischen zu übersetzen. Miruna sucht die Begegnung mit dem Adressaten dieser Briefe, Johann Tschanun, und es beginnt eine Reise ins Ungewisse, auf die sie sich nur widerwillig einlässt.

«‹Schonzeit› ist eine berührende, aber doch differenzierte Auseinandersetzung mit familiären Zerrüttungen.»
Neue Zürcher Zeitung

«Eine subtil konstruierte Geschichte zu den Geheimnissen zweier Familien» *Reflexe, DRS 2*

«Der schöne und schonungslose Roman ‹Schonzeit› erzählt von einer jungen Liebe, die auf die Probe gestellt wird.» *DRS 3*

«Isabelle Stamm hat ein ausgesprochenes Gespür für Geschichten und spannungsvolles Erzählen.» *Aargauer Zeitung*

www.limmatverlag.ch

Roman Graf
Herr Blanc
Roman

Als junger Mann verlässt Herr Blanc am Ende des Studiums in Cambridge seine Freundin Heike, die, ohne dass er sich dessen bewusst wäre, seine große Liebe ist, mit der er glücklich werden könnte. Als Herr Blanc kurz vor seiner Pensionierung steht, führt ihn das Schicksal nach Polen und zu Heike, die dort begraben liegt.

«Herr Blanc» ist das Psychogramm eines Sonderlings aus der gemäßigten Zone des Wohlstands; sein Leben wird in kleinen biographischen Einheiten in wahnwitziger Konzentriertheit erzählt. Der Roman wurde mehrfach ausgezeichnet, unter anderem mit dem Mara Cassens Preis für den ersten Roman des Literaturhauses Hamburg.

«In dem streng melancholischen Duktus, der genug Raum für Komik lässt und einen zuweilen fast befreit auflachen lässt, ist Herr Blanc den Figuren Wilhelm Genazinos verwandt. Damit ist das Buch keineswegs zu hoch gehängt.»
Frankfurter Allgemeine Zeitung

«Roman Graf ist mit diesem Début ein eindrücklicher, ein glücklicher Wurf gelungen.» *Neue Zürcher Zeitung*

«Ein glänzend erzähltes Psychogramm.» *Die Welt*